LA GARDE-ROBE

DU MÊME AUTEUR

APPRENDRE À LIRE, roman, Coll. « Le Courage », Grasset, 2018 (bourse de la Découverte de la Fondation Prince Pierre de Monaco ; prix Sander Pierron de l'Académie royale de langue et de littérature française de Belgique).

SÉBASTIEN MINISTRU

LA GARDE-ROBE

roman

le courage

BERNARD GRASSET
PARIS

le courage
Collection dirigée par Charles Dantzig

ISBN 978-2-246-82635-4

À Rina, Pina, Enza et Adriana.

La robe trapèze

Vera grandissait dans une famille où, contrairement aux garçons, les filles n'avaient aucun statut et incarnaient le malheur de leur géniteur d'avoir baisé à côté de la chance. « Tais-toi », avait dit son père. Et elle avait ravalé sa peine qui semblait dire combien elle était un objet sans importance. Elle avait repris son ouvrage là où elle l'avait laissé, concentrée sur deux morceaux de tissu orange qui, assemblés, formeraient bientôt une robe aux poches appliquées. Quand elle avait informé sa mère de ce qu'elle venait de subir, croyant trouver une alliée, Vera avait dû affronter les paroles d'une inconnue qui avait minimisé la chose sous prétexte que la nature était ainsi faite et que, face au comportement des hommes, on ne pouvait rien. La mère n'était pas épargnée par son mari qui la malmenait sans raison mais simplement parce qu'à l'époque, dans le quartier, ça se faisait.

Les coups avaient commencé à tomber le jour où, alors qu'elle n'avait que cinq ans, Vera était rentrée de l'école les cuisses et les mollets encore souillés. Alertée par l'odeur, la maîtresse était passée derrière chaque enfant afin de trouver le coupable. Vera était tétanisée à l'idée d'être découverte, elle qui n'avait pas pu se retenir et sentait la merde dont la consistance amollie avait envahi et sali ses fesses. La gamine était affolée. Devant ses camarades, l'institutrice l'avait alors pointée du doigt, avait dit qu'elle n'avait aucune manière et l'avait exclue de la classe, lui ordonnant de se rendre aux toilettes. En lui retirant sa culotte, la maîtresse criait des ordres à Vera qui tentait maladroitement de les exécuter. Elle raclait ses jambes avec une boule de papier journal dont le frottement sur la peau avait pour résultat de superposer des sillons d'encre noire aux traces d'excrément. L'infâme avait passé le reste de la journée, sans boire ni manger, dans l'étroite cabine des toilettes d'où lui parvenait le bruit des jeux des enfants qui, dehors, glissaient sur des toboggans. Pour ajouter de la douleur à l'humiliation, sa mère raconta l'épisode au père qui la frappa pour la première fois. Vera était née dans une famille qui l'avait abandonnée à son sort et où chaque membre était un ennemi – son père, son frère et même sa mère qui acceptait de légitimer l'animosité dont elle-même était victime et s'en dédouanait en pensant que, dans le fond, suivant les cycles de la vie, c'était chacune son tour. Quand on la frappait, Vera mettait un point d'honneur à ne pas crier et à ne pas pleurer. Elle refusait de faire ce cadeau à son bourreau pour qui les hurlements de douleur ou les suppliques formaient sans doute le meilleur du tableau. Vera recevait les gifles sans émettre le moindre son, absorbant toute la souffrance que son corps, devenu insensible, était capable de supporter. Les humiliations infligées par son père ne faisaient que renforcer sa confiance, persuadée qu'un jour, couverte des plus beaux habits, elle réaliserait son rêve – partir d'ici. S'enfuir et devenir l'amie de personnes à qui elle montrerait comment bien s'habiller et qui, en échange, lui apprendraient comment bien parler. La deuxième fois, elle songea que la chose serait plus rapide si elle n'opposait aucune résistance à l'attaque de son père. Par la porte entrouverte, elle avait vu son frère qui, planté là, vigile de l'immonde, assistait à la scène. Certaine de ne plus être en sécurité dans son propre foyer, elle murmura à l'intention des deux hommes, père et fils, coupable et complice, qu'elle se promènerait désormais avec un couteau dans la poche et que, la prochaine fois, elle n'hésiterait pas à tuer. Il n'y avait jamais eu de troisième fois.

Vera était bonne élève, mais personne ne le savait vraiment dans cette section de l'école communale où l'on apprenait aux jeunes filles la couture, la cuisine et l'art de tenir un ménage. Son amour pour les vêtements bien faits lui avait donné le goût de la coupe et du faufilage. Contrairement aux autres, elle était plutôt taiseuse, ne se mêlait jamais des histoires ou des embrouilles de ses congénères et restait souvent dans son coin, penchée sur sa machine dont le bruit couvrait le murmure des chansons qu'elle aimait fredonner. Elle ne participait pas à l'agitation de la salle de classe et ne s'adressait pratiquement jamais à personne. Comme chaque année au mois de juin, l'école organisait le défilé de fin d'année, grand moment dans le calendrier des festivités du village durant lequel les élèves montraient leurs réalisations, aboutissement de longs mois d'efforts qui, dans le cas de certaines, se résumaient à beaucoup de fatigue pour pas grand-chose. À cette occasion, la salle des fêtes de l'école se transformait en un lieu embelli où l'on tentait misérablement de reproduire quelques éléments de décors vus à la télévision. L'installation des praticables formant un long podium s'accompagnait de la mise en place de grandes plantes louées pour la journée. Habillées comme au jour des grands jours, les familles se pressaient à cet après-midi de délassement où les plus aisés pouvaient s'offrir une part de tarte aux pommes et un verre de cidre. En fin de présentation, un jury de professionnelles, garantes de la qualité du magistère de la section textile, désignait les meilleures réalisations dans chacune des catégories préalablement définies par le règlement de l'école. Cette année-là, personne de sa famille n'assista à son couronnement, mais Vera décrocha l'un des deux prix les plus convoités, celui de la plus belle robe – la robe, avec le manteau, étant considérée comme l'exercice technique le plus difficile à réussir. La récompense était d'autant plus méritée que le vêtement présentait plusieurs difficultés – forme évasée, poches appliquées, surpiqûres, emmanchures – dont Vera était venue à bout avec une dextérité qui lui avait valu les compliments de ses professeures. Parmi tous les coupons mis à la disposition des élèves, la plupart du temps des chutes et des invendus offerts par des merceries de la région qui, pour l'effort, se voyaient remerciées au micro en fin de programme, Vera avait eu la chance de récupérer une flanelle orange dont la quantité avait suffi pour réaliser cette robe dont la longueur s'arrêtait loin au-dessus du genou. L'œil aiguisé par la lecture de magazines qui, Dieu sait par quel miracle, atterrissaient à la section couture, Vera avait copié le modèle d'une robe portée par France Gall, vedette qu'elle considérait être l'incarnation de la mode et qu'elle préférait à Michèle Torr, toujours très jolie mais, à vrai dire, moins dans le vent. En s'inspirant de la robe de France Gall dont elle avait découpé la photo dans un numéro de *Mademoiselle Âge tendre,* l'élève avait tracé sur le tissu le pourtour du vêtement qui allait définitivement signer sa réputation dans le village. Celle d'une gourgandine prétentieuse dont l'impolitesse n'était pas seulement marquée par des jambes exhibées du bas des chevilles au haut des cuisses, mais aussi par cette façon d'avancer le menton relevé, de sourire à tout le monde et à personne. Dans la cité, Vera passait pour une adolescente à part. Elle s'habillait mieux que les autres, ne disait jamais bonjour et protestait contre la tristesse d'une lumière grisâtre qui trouvait difficilement son chemin dans l'air encombré des poussières de la mine. Plus grande, son père avait beau la sermonner, elle répondait. S'il l'enfermait, elle s'enfuyait. S'il levait la main, elle sortait son couteau.

Pour Vera, le goût de la provocation suivait les tendances alléchantes du moment, passant de la minijupe portée sous un long manteau de skaï marron au pantalon taille basse laissant apparaître le nombril, égaré sous un pull en shetland moulant. Des habitudes vestimentaires qui allaient de pair avec un comportement de morveuse – jamais un bonjour, jamais un merci – qui faisait honte à ses parents, mais exprimait si bien le peu d'intérêt qu'elle leur accordait. Le jour où les voisins étaient venus se plaindre du vacarme provoqué par la jeune fille qui parfois se mettait à chanter à tue-tête, son père avait déboulé dans sa chambre, jeté au sol son électrophone et cassé quelques disques – dégâts plus douloureux que la gifle qu'elle n'avait pas vue venir. Surprise par la rapidité d'intervention de son père, désarçonnée par la brutalité du coup, elle avait pointé vers lui la pauvre lame qu'elle disait vouloir lui enfoncer dans le ventre s'il lui venait encore l'idée de la toucher. Un filet rouge avait commencé à couler de sa narine qu'elle essuya du revers de la main, finissant par exhiber à la barbe de son père un poing à moitié ensanglanté. Il n'y eut plus jamais de coups.

À dix-huit ans, Vera s'inscrivit à un cours du soir de sténodactylo et décrocha un diplôme qui allait lui permettre de trouver un travail à la ville dont la situation géographique – lointaine – n'était pas la dernière des chances. L'école, les robes, les chansons et le couteau lui donnèrent la force de tenir le coup et d'affronter la médiocrité de son milieu. Elle avait fini par comprendre qu'il fallait renoncer à tout, bercée par les fantasmes d'une vie où il n'y aurait plus de sévices et plus de suie. L'entreprise de transports pour laquelle elle travaillait avait récemment développé ses activités sur plusieurs pays d'Europe et offrait de nouvelles opportunités professionnelles à ceux et celles prêts à faire des heures supplémentaires. Elle sauta sur l'occasion pour se faire remarquer. Vera avait adapté sa mise à son nouvel environnement et avait renoncé aux jupes trop courtes et aux chemisiers à jabot. Avec ce qu'elle avait trouvé de plus sobre à la mercerie du village, elle s'était confectionné trois tailleurs à l'élégance stricte mais admirable. Cette aura naissante était alimentée par un comportement solitaire lui permettant de contourner toutes formes de bavardages inutiles. Être appréciée de ses collègues lui importait peu, elle qui avait décidé d'exploiter toute son énergie pour laisser derrière elle le village dont le souvenir devrait bientôt ne plus vouloir rien dire. Ce n'est pas le village qu'elle détestait, mais sa maison dans le village, quatre murs qu'elle s'était juré d'abattre pour sentir passer l'air. Ici, tout le monde vivait une vie qui ne pouvait être que celle-là – figée, paisible mais engourdie. Postée au centre de la cité, la statue de la Sainte Vierge ne pouvait rien contre une existence immobile où chacun attendait que le temps passe et la fin vienne, siphonnant l'air de ses détritus toxiques. Depuis la fermeture de la mine, le quotidien était rythmé par le son de la sirène des laminoirs où travaillaient la plupart des hommes qui y faisaient entrer leurs fils une fois leurs seize ans atteints. C'est le chemin qu'avait suivi le frère de Vera, engagé à l'usine alors qu'il savait à peine écrire son nom, exhibé par son père comme un trophée de virilité par le seul fait qu'il avait quitté l'école encore plus tôt que les autres. Plus tard, lorsqu'il s'était agi de réhabiliter les bâtiments des laminoirs, fermés à leur tour, il avait fallu dépolluer le sol contaminé par des métaux lourds et des hydrocarbures. Dans le quartier, tout le monde connaissait tout le monde et personne ne s'en plaignait. Les familles se partageaient des rangées de maisons si collées les unes aux autres qu'on pouvait entendre le bruit de trombone des pets des voisins. On pouvait tout écouter des disputes, on savait qui avait trompé qui avec qui et combien il manquait pour finir le mois. L'été, quand il faisait chaud, les hommes en débardeur et les femmes en tablier de nylon passaient la soirée assis sur le seuil de leur maison. Leurs conversations sonnaient comme des querelles car ici personne ne parlait, tout le monde criait. On naissait et on grandissait dans le vacarme et on apprenait vite à hausser le ton pour se faire entendre. Il ne se passait pas grand-chose dans le village, même si la fête de l'école, la kermesse du printemps et le passage du marchand de glaces étaient des événements qui, à bien des égards, ressemblaient à des moments de paix. À l'arrière des bicoques, les jardins étaient mitoyens et s'étalaient sur une surface limitée, répartie entre le potager qui donnait de beaux légumes et les latrines dont la fosse dégageait une puanteur à faire saliver les mouches. Tirée à quatre épingles, maquillée et parfumée, Vera était la cible de tous les regards, le soir, lorsqu'elle descendait du train qui la ramenait du travail. On la scrutait de la tête aux pieds, les plus aimables jugeaient qu'elle avait des airs de princesse, les plus indélicats, les manières d'une traînée. Elle n'était pas la seule à s'attirer l'attention des habitants de la cité, elle partageait ce privilège avec Fifi la tata dont la silhouette et les gestes inspiraient le rire de ceux qui se délectaient de ses déhanchements et les moqueries des enfants qui s'amusaient à le poursuivre. Fifi la tata avait vingt ans, vivait seul avec une mère que tout le monde plaignait car il aimait se promener des perles piquées aux oreilles et les lèvres peintes d'un rouge qui tranchait merveilleusement avec le blanc d'un col roulé porté sous un blaser bleu. Parfois, comme pour mieux provoquer son public, il riait plus fort que ceux qui riaient de lui. Il agrémentait sa tenue d'une casquette de marin ou d'un sac à main en skaï noir et passait son chemin, la tête haute, sourd aux quolibets, si habitué aux insultes qu'elles ne le blessaient plus car il n'y avait rien de mieux que les injures répétées pour se faire pousser une seconde peau. Sans vraiment se connaître, Vera et Fifi la tata se savaient associés face à l'adversité des voisins qui les regardaient comme des bêtes de foire. Pour les gens du coin, il n'y avait rien d'étonnant à voir Vera faire la mauvaise vie en ville, elle qui avait toujours affiché son dédain des autres. Certains allaient jusqu'à rappeler que même Dieu avait remarqué son arrogance et n'en avait pas voulu dans sa demeure lorsqu'à douze ans, pour ne pas avoir suivi le catéchisme, le curé avait refusé de l'accepter dans le cortège des communiantes. La décision du prêtre, du jamais-vu dans le voisinage, s'était répandue comme une traînée de poudre, de commérage en commérage, et avait mis ses parents dans l'embarras, acteurs d'un scandale que la correction qu'ils lui administrèrent n'avait pourtant pas suffi à étouffer. Depuis, Vera transportait comme une balafre la réputation, stupide et exceptionnelle, de celle qui avait été reniée par le Seigneur, ce dont elle se fichait royalement. Au travail, elle apprit à mieux parler, elle enrichit son vocabulaire, souvent étonnée par l'existence de mots qui, malgré leur étrangeté, voulaient tous dire quelque chose. Elle accomplit plusieurs missions de secrétariat qui la placèrent sur l'échiquier des bons éléments, poussant chaque jour un peu plus loin cette volonté à se rendre indispensable. Au département des horaires, passée experte dans l'établissement des feuilles de route, Vera prit de l'importance, malgré les obstacles qui se dressaient devant elle. Les femmes la regardaient comme une courtisane, les hommes la scrutaient comme un objet à mordre et à rabaisser. Il n'avait pas fallu un an pour que le directeur de cette petite entreprise de transports en pleine expansion remarque la jeune femme à la silhouette impeccable. Il succomba au sérieux avec lequel elle s'acquittait de ses tâches et à l'indifférence qu'elle affichait face aux ragots. Après l'avoir accompagnée dans quelques-uns de ses déplacements, heureux de constater qu'elle possédait, en plus de celui de l'organisation, le talent de bien représenter la société, le patron l'avait promue secrétaire de direction. Cet avancement semblait donner raison aux femmes qui accusaient Vera d'être une intrigante et finit par refroidir les hommes qui, du jour au lendemain, cessèrent de l'importuner car rien ne sert d'être salace avec la maîtresse de celui qui nourrit votre famille. Immunisée contre la médisance, elle savait parfaitement le genre de remous qu'elle provoquait chez ceux et celles qui la regardaient avec envie et méchanceté. Durant ces brefs voyages à l'étranger – le plus long avait duré trois jours –, elle apprit à donner le meilleur de ce qu'on attendait d'elle, gérant les rendez-vous avec la discipline d'un soldat qui sait ce que le patron doit faire, quand il doit le faire, mais surtout pas – là était la limite de son travail – comment il doit le faire. Descendre à l'hôtel lui offrit quelques indices sur un savoir-vivre qu'elle découvrait et dont elle assimilait les codes. Le soir, elle quittait sa chambre et s'installait dans des bars aux murs capitonnés et à la lumière tamisée. Elle aimait y siroter un apéritif, observant les gestes des serveurs, leur facilité à composer des breuvages aux couleurs ambres ou bleutées, mais aussi le comportement des clients et le regard des hommes qui souvent, parce qu'elle était seule, se permettaient d'insister. Ces jeux de séduction ne débouchaient jamais sur rien, même si elle s'était parfois laissé aborder par des inconnus qui l'invitaient à commander un second verre et l'entretenaient d'un doux bavardage dont elle connaissait le but. De ces conversations creuses, elle tirait pourtant quelques informations précieuses sur comment le monde tournait et par où il valait mieux l'aborder pour se sentir libre. Un détail, une image, une tonalité, un mot nouveau, tout était bon à prendre pour élargir son champ de vision. Elle imagina alors un plan d'action qui prit une réelle tournure le jour où elle fit ses valises et annonça à ses parents qu'elle quittait la maison du village pour s'installer en ville. Sa mère s'était mise à pleurer. Vera avait souri et rétorqué qu'il était un peu tard pour s'inquiéter de son sort. Elle lui dit qu'elle voulait laisser derrière elle tous ces mauvais instants où jamais elle n'était intervenue pour l'aider. Elle avait insisté en précisant que, toute sa vie, elle lui en voudrait comme on en veut à une étrangère qui, face au danger, préfère détourner le regard et sauver sa propre peau. Elle avait dit à sa mère qu'elle partait car rien ici ne l'avait jamais protégée, que même son ventre n'avait pas été un endroit tranquille. Elle lui annonça qu'elle s'en allait avec, au fond du cœur, l'assurance de ne jamais vouloir fonder une famille car plutôt que de devenir mère, se fiant au modèle qu'elle avait eu, elle préférait se pendre. Elle était partie sans dire au revoir à son père et à son frère qui, partenaires dans la monstruosité des hommes, lui avaient fait mal sans réussir à la blesser.

La tunique en lin

Elle était morte après avoir bu tout l'après-midi. Elle avait bu le champagne, mais n'avait pas touché au saumon fumé, pas seulement parce qu'elle le trouvait bas de gamme, mais aussi parce qu'elle prétendait que le mariage des deux donnait mauvaise haleine. Ce jour-là, sous un soleil désagréable, protégée par un chapeau de paille, elle avait bu sans s'arrêter. Elle était restée assise dans cette partie du parc réservée aux invités de prestige, bavardant avec les notables qui faisaient la queue devant sa table, certains pour obtenir ses bonnes grâces, d'autres simplement pour qu'on les voie lui adresser la parole. La plupart étaient des politiques qu'elle jugeait risibles avec leur bouche tordue d'où coulaient compliments et flatteries – toutes choses qui faisaient de leur métier, selon elle, l'un des plus suspects. Elle savait comme personne manier le vocabulaire des mondanités, langue de survie qui consiste à entendre plus qu'à écouter, répondre sans répondre et parler sans rien dire dans une sorte de vrille du vide dont on n'atteint jamais le fond. De ces conversations stériles, elle ne retenait rien sinon l'imbécillité touchante des hommes qui tentaient encore de la séduire. Elle connaissait l'effet qu'elle produisait sur les autres et les retombées du spectacle de sa beauté qui, à soixante-six ans, avait toujours son mot à dire. Les hommes – jeunes, mariés, vieux ou veufs, elle n'avait pas grand-chose à faire pour les mettre dans son lit et les manger. Elle l'avait encore dernièrement prouvé avec Louis qui n'avait pas tenu deux heures avant de succomber. Louis était l'organisateur de la fête et il avait eu la bonne idée d'abreuver ses convives d'un champagne de haute qualité. Avoir Vera Di Pasquale à sa table était plus qu'une réussite de planning, c'était un événement dans l'événement. Contraint de veiller au bon déroulement du concert, Louis était bloqué dans les coulisses, mais il avait donné toutes les instructions pour qu'elle ne manque de rien. L'espace VIP – expression qu'elle avait en horreur tant elle lui faisait songer à la vulgarité de privilèges de camelote – offrait une vue idéale sur la scène où, à intervalles réguliers, se produisaient des artistes que Vera écoutait avec la plus grande attention. Elle avait accepté l'invitation, certaine de profiter des performances de ces chanteuses et de ces chanteurs qui continuaient à donner du sens à cette croyance selon laquelle c'est dans les chansons les plus légères qu'on trouve le plus de profondeur. Elle avait beaucoup d'affection pour ces nouveaux artistes qui, malgré le changement d'époque et des défauts dans la voix, lui rappelaient ce temps de la jeunesse où la musique s'impose comme le deuxième oxygène de la vie. Certains avaient demandé à s'approcher pour la saluer, impressionnés par deux disques fameux qu'elle avait enregistrés un siècle auparavant et qui, malgré leur échec commercial, avaient commis l'exploit de traverser les générations. Ils voulaient échanger quelques mots avec elle, lui dire combien ils continuaient à aimer sa musique, combien ils étaient honorés de sa présence ; habituelles politesses qu'elle avait désamorcées par des paroles douces et attendrissantes. Des paroles bienveillantes que, contrairement à celles adressées aux politiques, elle pensait vraiment. D'autres la questionnaient sur un éventuel retour à la scène, la câlinant là où il n'y avait plus rien à câliner puisque sa carrière, tout le monde le savait, était enterrée depuis très longtemps. Malgré la chaleur incommodante, elle n'avait pas bougé, droite dans une tunique de lin blanc barrée à la taille par une simple ceinture de cuir marron, un foulard autour du cou, noué avec l'expertise de celles qui savent y faire avec la soie, le regard hypnotisé par le soleil, la tête bercée par les chansons et le cerveau anesthésié par l'alcool. Elle était venue avec Anne-Marie, qui l'accompagnait dans toutes ses sorties, la chaperonnait au point de prendre les décisions à sa place, comme celle de lever le camp quand elle voyait qu'elle avait trop bu. Mais ce dimanche, Vera n'avait rien voulu entendre. Après le champagne, elle avait demandé qu'on lui apporte du whisky.

Le mélange d'alcool et de médicaments était sans doute à l'origine du malaise. Anne-Marie savait qu'elle jonglait avec des somnifères, des antidépresseurs, des anxiolytiques, des anti-inflammatoires et des antalgiques. Cette passion pour les médicaments était un vestige de ses années passées dans le show business où les chanteuses ont toujours quelque chose à soigner – leurs voies nasales, leurs cordes vocales, leurs règles douloureuses, leurs peines de cœur. Vera se targuait d'être de bon conseil et disait connaître un remède pour chaque mal de la terre. Migraine, coliques, reflux gastrique, troubles digestifs, douleurs musculaires, rage de dents, crises d'angoisse, elle avait tout pour tout. L'utilisation hasardeuse des produits l'avait plusieurs fois menée au bord de l'accident, mais rien qu'on n'ait jamais pu réparer par un lavage d'estomac dont elle était devenue une habituée dans cet hôpital où le personnel, qui la connaissait bien et la soignait en toute discrétion, avait rarement vu une patiente aussi docile et aussi habile à déglutir la sonde, allant jusqu'à la soupçonner d'aimer ça. Au cours de sa vie, Vera avait subi quelques interventions chirurgicales bénignes et toujours exigé une anesthésie générale. Elle disait adorer cet instant où, en une seconde, on bascule de l'autre côté, abandonnant derrière soi le chahut du monde, inerte et dissous. La phase qu'elle préférait était celle du réveil. Amollie par le relâchement des muscles et l'estomac vide, dans ce va-et-vient entre l'état de veille et l'assoupissement, elle ouvrait l'œil en essayant de ressentir le reste de substance qui circulait encore dans son corps. Le personnel soignant connaissait ce mauvais penchant pour les drogues, mais on ne pouvait rien refuser à Vera Di Pasquale qui, parfois, se voyait administrer de plus fortes doses d'un médicament qui lui avait particulièrement plu. De la chimie, elle aimait aussi celle qui composait les teintures dont elle faisait usage pour maintenir le noir de ses longs cheveux qui, par miracle, n'avaient jamais eu à souffrir de la toxicité des produits. En jouant avec ses addictions, Vera savait qu'elle se promenait du côté des frontières et du danger, mais que tout cela n'était pas très grave, relevait de la simple intoxication, et qu'il y aurait toujours un service pour l'accueillir et la remettre sur pied. Sauf ce dimanche où elle s'effondra dans sa salle de bains. Elle l'avait péniblement atteinte après avoir gravi des escaliers dont elle crut qu'elle ne viendrait jamais à bout. Une à une, elle attaqua la longue série de marches, perdant sur chacune d'elles un peu plus de souffle, réduisant sa belle silhouette à celle d'une vieille, courbée à quatre pattes comme une chienne qui commencerait à baver sur les souvenirs de sa vie. Elle ne comprenait pas pourquoi son cerveau lui envoyait l'écho de voix qui se confondait au bruit de son râle, des airs de musique qui traînaient là sans qu'elle sache d'où ils venaient et des éclats d'images revenues d'une enfance qui l'avait dégoûtée. Des visages apparaissaient et disparaissaient comme des points de lumière auxquels elle pensait devoir s'accrocher alors qu'elle était incapable de tendre la main. Il devait être deux heures du matin, elle pensait qu'il lui suffirait de rappeler Anne-Marie qui venait de la déposer. Elle avait les clés, elle saurait où la conduire, elle saurait quoi faire, ce n'était pas la première fois. Mais sa vue se brouilla et, à la respiration qui ne répondait pas, s'ajouta une sensation de vertige qui augmentait l'effet d'asphyxie. Elle avait beau essayer d'inspirer et d'expirer, ça ne passait pas. Comme si elle se noyait dans une mer sans eau. Elle voulut crier mais aucun son ne sortit de sa gorge devenue rêche comme de la terre sèche. Chaque tentative pour prononcer un mot l'étouffait un peu plus. Elle perdit toutes ses forces à se hisser jusqu'à la salle de bains, paniquée de ne pas reconnaître les symptômes auxquels ses précédentes syncopes l'avaient accoutumée. Son rythme cardiaque était anormalement élevé et remplissait sa cage thoracique d'un bruit de marteau qui prenait de plus en plus de place. L'emballement des pulsations, le passage difficile de l'air, le brouillard dans les yeux, le bourdonnement des flonflons au loin et sa peau qui suintait de façon incontrôlable – tout partait, plus rien n'était stable. Elle essaya de se redresser mais ses genoux cédèrent, laissant échapper son corps en même temps qu'un cri rauque. Ses jambes lui fournirent miraculeusement l'énergie pour se soulever face au miroir où, entre deux clignements qui passaient du noir à la lumière, elle découvrit ses cheveux défaits, trempés de sueur et son visage bleuté, à cours d'oxygène. Elle s'écroula, s'ouvrant le front sur la faïence du lavabo qu'elle percuta. Couchée au sol, à moitié inconsciente, elle vit les visages crépiter autour d'elle au rythme stroboscopique de fractions de secondes avant de s'évanouir dans une obscurité qu'elle ne connaissait pas mais qui semblait vouloir la recouvrir de douceur. Alors qu'elle pensait avoir dompté l'ennemi et recouvré la tranquillité, son corps, pris par surprise, fut coupé en deux à la hauteur du thorax par un coup de hache invisible dont la violence eut pour effet d'interrompre définitivement le passage de l'air dans ses poumons.

Le carré de soie

Employée, amie fidèle et amante à ses heures, Anne-Marie découvrit, tard dans l'après-midi, le corps de celle qu'elle avait si souvent réprimandée pour ses excès. Triste mais résignée, elle s'agenouilla pour embrasser Vera mais s'écarta, surprise par le contact de ses lèvres glacées. Elle lui répétait souvent d'essayer de se contrôler, de s'arrêter à temps, de sentir l'instant où son corps commençait à chavirer, pris au piège du verre de trop. Malgré les promesses de se contenir, Vera finissait parfois aux urgences, la main serrée dans celle d'Anne-Marie à qui elle murmurait : « Ne pars pas, reste avec moi. » Cette fois, elle n'avait pas eu le temps d'appeler à l'aide et s'était peut-être vue mourir sans que l'on sût si l'instant fut de soulagement ou de terreur, même si tout portait à croire qu'elle s'était débattue, les traits déformés par l'agonie, les membres laissés à l'abandon dans un désordre qui inspirait la pitié. Anne-Marie attendit l'arrivée des secours, se demandant pourquoi ce qui devait finir par arriver arrivait maintenant. L'ambulancier ne put que constater le décès. Sous le bac du lavabo d'où étaient tombés un crayon noir et un fard à paupières dont le bloc de couleur s'était brisé en plusieurs morceaux, elle ramassa le foulard que son amie avait porté autour du cou toute la journée de la veille. Le carré faisait partie d'une collection dont quelques pièces avaient déjà profité à Anne-Marie, souvent héritière des affaires dont Vera se lassait. Le foulard affichait un motif de feuillage jaune et vert, entrelacé à des tiges de bambou. Un décor aux reflets lumineux qui avait fait dire à Vera, en riant sur l'état de ses finances, que c'était là le genre de paysage qu'elle pouvait désormais se permettre de visiter. Contrairement à ce qu'elle laissait entendre, l'argent ne manquait pas, même si le temps des grandes dépenses était derrière elle. Vera s'était peu à peu délestée de l'envie de posséder, assurant à qui voulait l'entendre qu'il était plus important de sentir que d'acheter. Un précepte qu'elle essaya de mettre en pratique en succombant à la mode des séances de yoga et de méditation qu'elle suivait avec la bravoure des alcooliques, c'est-à-dire en y renonçant très souvent. Le yoga la fatiguait, la méditation lui échappait et acheter l'ennuyait. Personne dans son entourage n'avait compris la nécessité de ces pratiques de relaxation, elle qui dans la vie ne stressait jamais sauf à la vue de ses boîtes de médicaments à moitié vides. Par terre, près de la morte, le fichu dont la matière brillante faisait scintiller les couleurs du dessin, qui se gonflait et se dégonflait selon la position dans laquelle on le faisait tenir, n'était plus que le débris d'une vie finie. Un linceul de luxe, mais un linceul quand même. Anne-Marie plia le carré de soie et le rangea dans son sac, certaine d'emmener avec elle la seule chose qu'elle eût jamais volée à son amie. Les brancardiers dérangèrent un peu plus l'ordre rituel de la salle d'eau, faisant tomber des flacons, déplaçant des objets, dégageant l'espace pour y faire entrer la civière sur laquelle ils déposèrent la dépouille de Vera. Sans surprise, l'autopsie révéla qu'elle avait succombé à une surdose de médicaments et d'alcool.

Des mois après la mort de Vera, parce qu'elle n'avait ni descendance ni famille déclarée et qu'elle n'avait dicté aucun testament, Anne-Marie avait été désignée comme personne de confiance dans la succession et la recherche d'éventuels héritiers. Assez rapidement, le notaire en trouva deux, les deux filles du frère de Vera, un homme dont elle n'avait jamais prononcé le nom et qui, selon l'enquête, avait trouvé la mort douze ans auparavant dans un accident de la route. À la demande du clerc, mais gênée à l'idée d'ouvrir la maison de Vera à des étrangères, Anne-Marie accueillit ces nièces avec peu d'entrain – ce que les jeunes femmes, aussi incommodées qu'elle, avaient mis sur le compte d'un reste de chagrin. Elles affichaient une allure passe-partout, sans grâce et sans excès. Il était difficile de croire que ces personnes qui s'habillaient comme tout le monde avaient un quelconque lien de parenté avec Vera qui avait traversé l'existence avec une classe portée à bout de bras et qui, malgré les croche-pieds de l'âge et les pièges de l'addiction, avait vécu sa vie comme on donne une leçon. En accord avec le notaire, Anne-Marie demanda aux deux jeunes femmes si elles acceptaient de vider le dressing de Vera. Elle se chargerait de faire expertiser une petite collection de bijoux et de liquider l'ensemble du mobilier qui décorait l'hôtel particulier avant sa mise en vente puisque telle était la volonté des deux légataires. Embarrassées par la requête d'Anne-Marie pour qui tout semblait aller de soi, elles précisèrent qu'elles étaient d'accord pour l'aider, mais qu'elles devaient s'organiser, que ce ne serait pas facile avec le travail et les enfants. L'aînée occupait un poste dans une entreprise pharmaceutique où elle surveillait une machine programmée pour le conditionnement de gélules. L'autre travaillait pour une chaîne de boulangeries soi-disant traditionnelles et passait ses journées à faire cuire des pizzas et des baguettes surgelées. Anne-Marie les rassura en disant qu'elle comprenait, qu'elle savait que le trajet depuis le village où elles vivaient était long et fastidieux mais qu'elles pourraient, certains soirs, si elles le voulaient, rester ici et profiter des deux chambres d'amis – invitation qu'elles déclinèrent en expliquant de concert qu'elles dormaient mal ailleurs que chez elles. Mais dès qu'elles eurent trouvé le temps, comme elles l'avaient laissé entendre à Anne-Marie, elles entamèrent le tri de l'immense garde-robe de leur tante. Les penderies longeaient les murs où s'encastraient de hautes portes coulissantes, certaines en ébène, d'autres en verre fumé derrière lesquelles étaient exposés des dizaines de sacs à main dont plusieurs classiques de la maroquinerie française et italienne. Elles s'étaient ainsi retrouvées au centre d'un monde qui regorgeait de vêtements plus beaux et plus raffinés que les simples nippes auxquelles elles étaient habituées. Il y avait là des tailleurs de gabardine de belle facture, des robes en mousseline comme de la brume, des manteaux à la coupe parfaite, des fourreaux prodigieux, des twin-sets en alpaga, mais aussi des cols de plumes, des cols de cuir, des cols de velours, des vestes brodées avec un soin maniaque, des jupes à l'ourlet exemplaire, des chemisiers de satin perlé, des écharpes aussi légères que l'air. En entrant ici, les deux nièces avaient eu la sensation de profaner le lieu d'une intimité où, pendant des années, s'était jouée l'image d'une femme et, si on fouillait bien, une partie de son âme. Elles avaient immédiatement compris que, contrairement à ce qu'on pouvait en penser, ces vêtements n'avaient rien de superficiel mais contenaient les traces d'une vie. Impressionnées par tant de sophistication, parfois incommodées par la préciosité d'Anne-Marie qui jouait sur les mots – pour elle, le blanc n'était pas toujours blanc, mais à certains moments, blanc craie, à d'autres, blanc nougat –, les nièces avaient eu un mouvement de recul, précisant qu'elles ne savaient pas quoi faire de tout ça. Elles étaient peut-être ignorantes des choses de l'élégance, mais elles voyaient bien que cette vaste collection d'habits répercutait l'étendue des privilèges dans laquelle Vera avait vécu. Rien que cette vaste pièce exclusivement réservée à l'entrepôt de ses tenues, c'était tout simplement affolant pour elles qui, en matière d'espace domestique, avaient à peine de quoi se mouvoir et respirer. Lancées dans le ballet du rangement, les heures aidant, les filles finirent par rire de la situation et s'amusèrent à plaquer sur elles des robes pendues sur des cintres, révélant la plus grande cruauté de la mode qui refuse de donner du style à celles qui n'en ont pas. Heureuse d'avoir pu récupérer le carré dans lequel Vera avait rendu son dernier souffle, Anne-Marie laissa faire les deux sœurs. Leurs façons semblaient indiquer ce à quoi son amie avait voulu échapper lorsqu'elle disait s'être enfuie d'une enfance rude et difficile. Un passé qui était pourtant remonté à la surface quand une des nièces avait mis la main sur une housse renfermant une robe trapèze aux poches appliquées faite en jersey orange. Une robe à la ligne démodée.

La robe en organza

Quand elles venaient – principalement les week-ends –, les deux nièces avançaient lentement dans leur tâche, souvent arrêtées par les découvertes que leur réservaient les armoires de Vera. Elles n'avaient jamais vu autant de vêtements, mais surtout, elles n'avaient jamais vu autant de beaux vêtements. Elles les manipulaient et les déplaçaient avec une délicatesse qui traduisait leur timidité face à un monde auquel elles savaient ne pas appartenir. Ces habits étaient la preuve d'une existence passée à se mettre en scène dans des tableaux dont certaines robes soulignaient le rang de celle qui les avait portées. Cette tante, qu'elles découvraient par le versant le plus inattendu de son intimité, avait laissé derrière elle un trésor inestimable à travers lequel s'exprimaient son incroyable élégance, son goût affirmé pour les choses belles et précieuses. Caché entre les plis de chaque écharpe, dissimulé dans la mécanique de chaque boutonnière, on trouvait aussi, sans que personne ne le sache, l'empreinte de représailles. Anne-Marie leur donna toutes les explications nécessaires pour comprendre qui était Vera. Coupures de presse à l'appui, devant leurs regards étonnés, elle livra dans le désordre quelques hauts faits de sa carrière, résuma sa vie en évitant l'épisode du viol dont s'était rendu coupable leur grand-père et que Vera, il y avait très longtemps, un soir de cuite, lui avait raconté. Elle avait dit ce que les nièces avaient besoin de savoir, traçant à gros traits les lignes d'un itinéraire qui, sans qu'elles s'en aperçoivent, les avait enrôlées de force dans son secret. Car elles étaient aussi les héritières d'une culpabilité silencieuse que leur père, complice de l'agression, leur avait léguée. Comment dire à ces jeunes femmes qu'elles portaient en elles les filaments d'une histoire qui n'avait jamais été racontée ? Comment leur dire que leur père était un criminel car pire que le violeur, il y a celui qui regarde le viol et ne fait rien pour l'arrêter ? Pourquoi ceux qui n'ont rien commis doivent-ils payer pour ceux qui ont fauté ? Parce que les familles sont des jeux de loterie où la détresse est subie par les uns et ignorée par les autres. Les nièces étaient déboussolées à l'idée de recevoir en héritage une maison, des meubles et des bijoux qu'elles pouvaient facilement mettre en vente, mais également ce lot de vêtements qui les ramenaient à leur sort. L'une, la plus franche, avait tenté d'aider l'autre, plus timorée, à ne pas succomber au trouble de tant de richesse exhibée. Avec ses mots, elle avait dit à sa sœur qu'il ne fallait pas se laisser impressionner par l'attraction exubérante de ces pièces de prêt-à-porter et de haute couture qui, dans le fond, n'étaient que ça – des chiffons. Qu'il fallait se donner du courage et du cœur à l'ouvrage pour minimiser le poids existentiel de cette garde-robe. Qu'il fallait se rassurer en affirmant qu'elles pourraient en retirer un maximum d'argent. Tout cela ne réussit pourtant pas à calmer la nervosité des sœurs qui, à chaque tailleur découvert, à chaque robe mise à jour, se heurtaient à la réalité – elles n'étaient pas faites pour y glisser leur corps. Sérieusement, comment pouvait-on entrer dans cet habit sans en faire exploser les coutures et, en imaginant qu'on puisse y entrer, comment devait-on s'y tenir pour avancer sans se prendre les pieds dans la vague de tissu qui en formait la traîne ? Les deux sœurs avaient explosé de rire devant cette robe intimidante dont on pouvait tout dire sauf qu'elle n'était pas magnifique. Le fourreau d'organza fuchsia était brodé de sequins de nacre, la taille évasée se jetait dans une cascade de taffetas qui finissait loin derrière le pied. La chose questionnait les jeunes femmes sur l'identité de celle pour qui elle avait été cousue et sur l'attraction qu'elle avait créée lors de sa première apparition, sachant qu'une telle robe ne pouvait exister que parce qu'elle n'avait été portée qu'une seule fois. Quel souvenir transportait-elle, à part celui du parfum de poudre de riz qui s'en dégageait quand on la bougeait ? Qui s'en rappelait ? De quel événement avait-elle été le témoin et qui l'avait confectionnée ? Le spectacle du vêtement, qui scintillait doucement de ses broderies et s'imposait par sa traîne, mettait les jeunes femmes dans un état de surexcitation qui leur faisait dire, comme les enfants le disent quand ils sont plongés dans leurs jeux, qu'elles voyaient parfaitement la scène dont l'habit avait formé le point de mire, qu'elles entendaient clairement le bruit du cristal des coupes de champagne qu'on avait bues ce soir-là, et même la musique sur laquelle avait dansé Vera car la robe ne pouvait être autre chose qu'une robe de bal. Gardienne du temple et contremaître du chantier, Anne-Marie avait daté le vêtement avec une précision d'archiviste, le faisant remonter au temps où Vera était mariée à Renzo Di Pasquale. Vera était l'une de ces rares femmes qui avaient connu la volupté des riches à se faire faire des robes à même la peau. Fanatique des beaux textiles, habituée à manier le fil et l'aiguille, elle avait fréquenté les salons des maisons de haute couture où les ouvrières, d'essayage en essayage et de retouche en retouche, parvenaient à confectionner des pièces dont les heures de travail qu'elles avaient coûtées se voyaient à l'œil nu. Le labeur se repérait dans la perfection des finitions et, quand le couturier l'avait exigé, dans l'intervention prodigieuse d'artisans qui avaient la capacité de transformer un vêtement en chef-d'œuvre. Il y avait beaucoup de joie à se glisser dans ces robes à l'allure insensée, beaucoup de frénésie, mais aussi beaucoup de provocation. Se pavaner dans une telle débauche de matières offrait cette jouissance de tromper les autres en s'affichant coquette, frivole et, pour tout dire, inutile. Être l'épouse de Renzo Di Pasquale était un métier. L'une des clauses du contrat précisait l'obligation de représenter son nom en toutes circonstances dans la plus stricte élégance, de servir de carte de visite vivante à cet homme dont la fortune et les investissements dans la publicité l'avaient conduit, au début des années soixante-dix, à fréquenter le milieu du show biz où il avait rencontré Vera. Fils unique d'une famille italienne à la tête d'une importante entreprise de cuir et de plusieurs usines de chaussures, Renzo Di Pasquale n'hésitait pas à se montrer dans les soirées et dans les journaux, figure d'une caste qu'on appelait les *beautiful people* dont le style de vie servait de référence à une génération naissante qui fantasmait sur l'argent, le luxe et les plaisirs interdits. Ses parents, qui cultivaient cette abominable discrétion de la haute bourgeoisie, soi-disant attentive à ne pas heurter les classes inférieures, voyaient d'un très mauvais œil le comportement de ce fils. Outre ses aventures mondaines qu'ils n'appréciaient guère, ils avaient eu la mauvaise surprise de le voir épouser une fille venue de nulle part. Une jeune femme dont les dérapages de langage trahissaient ses origines et qui, selon leur logique détestable, aurait dû faire partie de leurs employées. Façonnée pour n'être personne dans sa famille, Vera n'eut aucune difficulté à se faufiler dans celle de Renzo qui lui témoigna à peine plus de sympathie. Pour des raisons différentes qui les rapprochèrent le temps d'un instant, Vera et ses beaux-parents avaient voulu une cérémonie de mariage sans tape-à-l'œil et avec peu d'invités. Même la robe, du sur mesure venu d'une maison très réputée, avait misé sur la discrétion et tranchait sur les fantaisies de l'époque qui prenaient encore beaucoup plaisir à faire comparaître la pauvre promise sous une avalanche de rubans, de bouillonnés et de guipures. Celle de Vera, droite, en soie blanche, était rehaussée d'une courte cape de la même étoffe qui recouvrait ses épaules et tenait à la hauteur du sternum par un judicieux système de fermeture caché derrière une fleur réalisée à la main. Les convives des Di Pasquale – amis issus de vieilles tribus d'industriels – s'étaient mêlés à ceux de l'heureuse élue – des artistes du hit-parade dont les plus délurés avaient passé la moitié du temps à se droguer aux toilettes, entraînant avec eux quelques fils de bonnes familles, moins attirés par leur petite célébrité que par l'odeur de la cocaïne. Vera avait essayé la coke une ou deux fois mais n'y touchait plus depuis cette nuit où, après avoir sniffé trois rails, elle n'avait pas réussi à fermer l'œil et avait eu la sensation de frapper des deux poings sur les parois de son propre corps pour qu'on l'entende et la libère. Elle avait cru ne jamais pouvoir sortir de cette spirale qui ne lui procurait aucun plaisir et l'avait alertée sur son aptitude à sombrer dans la paranoïa. Elle préférait certains calmants dont la puissance chimique la faisait doucement planer jusqu'à l'abattre dans un état de catatonie qui lui réchauffait les membres et le cerveau avant de la faire basculer dans le sommeil. C'est son manager, Dan Galo, qui la première fois lui mit en bouche ces pilules lui permettant de se relaxer après de longues journées de travail en studio. Si Renzo n'était pas très impressionné par son père – un homme plutôt éteint et soumis à sa femme qui avait la main sur toutes les décisions engageant l'affaire familiale –, il avait tendance à s'agenouiller devant l'extrême élégance de sa mère. Il avait beau se moquer d'elle, cette femme pieuse dont il disait qu'elle se serait tranché le lobe de l'oreille pour une entrevue avec le pape, il admirait sa manière de se présenter au monde. Il riait de ses gestes de dame patronnesse, mais restait ébahi par le goût héroïque de sa mère qui, à la longue, avait fini par éduquer son œil. Renzo faisait donc partie de ces hommes qui prenaient énormément de plaisir à s'exhiber aux côtés d'une femme qui, plus qu'un style de vie, imposait une autorité morale. Vera, qui n'avait ni les codes, ni la méchanceté de sa belle-mère, ne s'était pas laissé démonter par l'ampleur de la tâche, rompue depuis l'adolescence à jouer avec son apparence, rodée depuis longtemps à l'art de s'habiller. Le couple qu'elle formait désormais avec Renzo Di Pasquale l'avait obligée à revoir ses ambitions vestimentaires à la hausse, ce qui n'était pas pour lui déplaire. L'argent de son mari l'avait aidée à remplir cette nouvelle exigence, sûre de ses compétences à saisir l'air du temps, voire à le précéder. Son métier de chanteuse l'avait amenée à se composer une image avec la complicité de créateurs habiles à mettre en valeur une silhouette parfaite – fine sur les côtés, plate sur le devant et rebondie juste ce qu'il faut à l'arrière. Des griffes comme celles de Loris Azzaro, Emmanuel Ungaro et Guy Laroche, avaient coutume de lui livrer des tenues qui contribuaient à transformer ses prestations télévisuelles en apparitions sensationnelles très appréciées de ses admirateurs. De longues robes en mousseline de soie noire, des tailleurs – pantalons en twill mauve, des vestes en satin rouge, des chemisiers en lamé argenté – autant de vêtements qui accrochaient la lumière, faisaient osciller son esprit entre l'éclat d'un idéal édénique et les mauvais souvenirs encore tenaces. Malgré sa réputation de jet-setter, Renzo avait su développer l'entreprise familiale grâce à des placements signés au bon moment et au bon endroit, imposant à Vera une vie qui, peu à peu, l'avait éloignée de la chanson dont elle avait fini par se lasser. Après l'échec commercial de deux trente-trois tours, enregistrés contre l'avis de son imprésario et boudés par ses fans, elle avait renoncé à son métier. À la tête d'un groupe de plus en plus puissant, absorbé par de lourdes responsabilités et peu attentif à la tournure que prenait la carrière de Vera, Renzo fut ravi d'apprendre qu'elle voulait y mettre un terme, chose qu'il avait espéré depuis leur rencontre sans jamais avoir osé l'évoquer. Elle ne lui demandait jamais son avis sur les décisions qu'elle prenait. Il refusait de s'immiscer dans les discussions difficiles avec Galo dont elle contestait pratiquement tous les plans comme celui d'enregistrer un duo avec un jeune chanteur argentin qui parlait à peine le français mais dont les filles étaient folles. Elle avait refusé la proposition, jugeant le projet en parfaite contradiction avec l'évolution artistique qu'elle rêvait de poursuivre. Elle savait qu'elle devait ses premiers succès à Galo, mais elle était fatiguée de ses ordres. Découragée par l'indifférence qu'avaient suscité ses dernières chansons, Vera avait quitté le show business dans le creux de la vague et, à vrai dire, sans que personne ne s'en aperçoive vraiment. Si elle avait fait une croix sur son métier de chanteuse, soulageant le regard d'une belle-mère dont les commentaires traduisaient combien elle trouvait cette profession vulgaire, Vera ne s'était pourtant pas éloignée du monde des apparences. Après dix-huit mois d'un mariage bien vécu mais mal consommé, Vera et Renzo se rendirent à l'évidence – il y avait de l'amour dans le lien qui les unissait mais pas celui d'un mari et d'une femme, plutôt celui d'un frère et d'une sœur séparés à la naissance, retrouvés et décidés à rattraper le temps perdu. En un pacte silencieux où chacun s'accommoda des avantages offerts par l'autre, ils tracèrent le nouveau périmètre d'un couple qui allait devenir une entreprise de séduction des plus redoutables, une équipée qui avancerait, à la fois, à contre-courant et dans le sens de son époque. Elle accepta de servir d'alibi à ce mari qui, dans ses pérégrinations nocturnes, avait assouvi son goût des hommes. Il accepta de lui laisser une totale liberté dans ses escapades sexuelles au nombre desquelles on comptait quelques aventures avec des femmes. Au gala de charité annuel qui réunissait les plus belles réussites économiques du pays, Vera mettait un point d'honneur à paraître aux bras de son époux dans une robe dont l'ambition était d'attirer tous les regards, à commencer par ceux des photographes qui fournissaient la matière première à des magazines dont la frivolité était le sujet principal. Celle en organza fuchsia brodé, ponctuée d'une faramineuse traîne, avait donné quelques très belles images. Fausses mais très belles. Elle avait coûté des heures d'un effort expert et méthodique réalisé par les petites mains d'une maison où Madame Di Pasquale était accueillie par l'assistant personnel du couturier. Ce dernier était flanqué de la première d'atelier dont la besogne consistait à ajuster, réajuster, couper, redécouper, prendre et reprendre au millimètre près des vagues de tissus qu'il fallait dompter pour atteindre la ligne exacte dessinée par le créateur qui, selon les convenances de la haute couture, n'envisageait aucune limite à son inspiration. Protégée des regards dans un salon où tout était fait pour rendre agréable le moment de la prise de mesures, instant délicat où l'on pouvait constater que la cliente avait pris deux kilos en une saison – ce qui réclamait alors de la part du personnel le plus haut sens de la diplomatie –, Vera se laissait faire, pivot d'un univers qui faisait semblant d'être à ses pieds. Elle était consciente de l'affront que constituait le prix de la robe posée sur ses épaules, mais elle finissait par fermer les yeux sur son passé, éblouie par la dextérité de ces petites mains qui, à partir de rien, faisaient la plus flamboyante des attractions. Songeant à la couturière qu'elle avait été au village, elle observait leur adresse et leur maîtrise, songeait aux vêtements qu'elle avait été capable de réaliser de ses mains, certaine de comparer des choses incomparables. Outre la broderie réalisée point par point par une maison spécialisée, c'était la confection de la traîne qui l'avait subjuguée. Chaque pli formant chaque volant avait pris la forme d'un glaïeul dont la répétition et la succession finissaient par dérouler un parterre de fleurs qui, une fois monté au bas de la robe, délimitait une distance entre celle qui la portait et le reste du monde.

La blouse écossaise

Vimode était un magasin situé en ville. Il se trouvait à l'intersection de deux rues dont l'une – la rue des Roses – était consacrée à la prostitution, ce métier qui ne disait pas son nom, se pratiquait en silence, et était toléré parce qu'il nourrissait celles qui l'exerçaient et rendait service à ceux qui y avaient recours. L'entrée de Vimode se voulait majestueuse, elle était provinciale dans le sens le plus désolant du terme et se trouvait dans un renfoncement plutôt sombre. C'était le seul endroit qui, grâce à une politique de prix connue pour aller du plus cher au moins cher, permettait à toutes les classes sociales de se croiser. À cause de la rue des Roses, mais aussi de la foule et du bruit, la ville était un endroit qui effrayait la mère de Vera. Les rares fois où elle s'y aventurait, c'était toujours accompagnée du père qui, lui, aimait traîner, le sourire en coin, devant les bars où opéraient celles qu'il appelait les dames. Il aimait aussi s'arrêter au buffet de la gare pour écluser une ou deux bières et marquer l'événement car prendre le train pour venir jusqu'ici en était un. Les raisons de se rendre à la ville étaient exceptionnelles et se résumaient soit à la visite d'un parent alité au grand hôpital, soit à l'achat d'un nouveau vêtement chez Vimode, la première réclamant qu'on s'y rende les bras chargés de fleurs et de grappes de raisin, la seconde obligeant la famille à se serrer la ceinture pour le reste de l'année. Si les couloirs de l'hôpital, nouveau et d'une modernité rassurante, trempaient dans une brume chaude où se mélangeaient des parfums d'éther et l'odeur du chauffage central récemment installé, le magasin sentait le polyester et le fer à repasser chauffé à blanc. On y trouvait de la confection pour dames, messieurs, fillettes et garçonnets, le tout présenté en vitrines sur des mannequins dont les sourires crispés partaient d'une bonne intention, voulant sans doute exprimer une forme de bonheur familial alors qu'ils ne suggéraient qu'une chose – l'épouvante. Ici, on pouvait en un clin d'œil transformer une gamine en un marasme de froufrous et d'organdi blanc, ponctué par des chaussettes et des gants de la même couleur virginale, mais aussi, quand le choix était plus bourgeois, en écolière exemplaire habillée, de pied en cap, de ce bleu marine dont les médecins et les avocats raffolaient pour leurs enfants. Ici, on vendait des costumes en panne de velours composés d'un spencer sans col et de culottes courtes que les garçons rechignaient à porter, revendiquant le droit à leur émancipation par le port de pantalons longs – ce qu'on leur refusait formellement jusqu'à l'âge de douze ans. Il y avait aussi des duffle-coats qui faisaient passer n'importe quel enfant pour un futur curé tellement le modèle, selon le point de vue de la famille de Vera, faisait vieux jeu. Son frère n'avait jamais voulu en porter, au grand soulagement de ses parents qui le trouvaient, non seulement très laid, mais aussi très cher. La boutique faisait plusieurs étages et proposait quelques articles, parmi les moins chers, griffés de son nom. Le magasin ressemblait à une petite usine où s'agitaient vendeurs et vendeuses qui passaient le plus clair de leur temps agenouillés devant les clients, épingles en bouche, à retoucher les vêtements. Longueur des manches, taille, bords de pantalon – rien ne tombait jamais bien. Il fallait toujours tout reprendre sur ces vêtements jusqu'à les défaire pour mieux les refaire. On était alors obligés de revenir à la ville pour une autre séance d'essayage et, les dernières reprises effectuées, emporter l'habit qui, quoi qu'il en coûtât, mettait toujours les finances de la famille en danger. Le père de Vera était brutal, méchant et ignorant, mais il n'était pas avare. En visite chez Vimode, une fois l'an, il pouvait perdre la tête, faire grand genre et sortir tout ce qu'il avait en poche pour rhabiller sa famille, un peu comme les riches dont la réputation était de ne rien se refuser. La devise qu'il répétait à longueur de dimanche matin – mal nés mais bien habillés – avait sans doute influencé le goût de Vera pour les beaux habits, dépassant toutes les espérances de son géniteur dont la fierté muette fut de la voir si prompte à soigner sa mise jusqu'à devenir la plus belle du quartier. Ce jour-là, vers la fin du mois d'août, les parents de Vera se saignèrent pour acheter à son frère quelques vêtements qui lui assureraient une rentrée scolaire digne de son rang de petit coq. Vera, plus jeune et moins gâtée, hérita d'un petit tablier dont le motif à carreaux bleus et verts rappelait quelque chose de vaguement anglais, même si personne dans sa famille ne savait où se trouvait l'Angleterre. Le sarrau au col blanc avait cette particularité de se boutonner par l'arrière et réclamait l'aide d'une bonne âme pour arriver à bout d'une dizaine de pressions. On était contraint de faire le déplacement jusqu'à la ville car au village il n'y avait nulle part où acheter des vêtements neufs. La petite mercerie de Madame Marthe, outre quelques coupons de tissus, ne vendait que le nécessaire de couture – des rubans, des galons, des liserés, des fermetures Éclair et quelques illustrés proposant des patrons faciles à réaliser. Vera avait continué à fréquenter le magasin lorsque, devenue dactylo, elle venait liquider ce qui lui restait de sa paie après avoir donné à son père sa contribution au fonctionnement du ménage car, disait-il, elle ne vivait pas à l'hôtel et il n'était pas Rothschild. Chez Madame Marthe, elle s'égarait dans les présentoirs d'accessoires, les tourniquets de bobines et les boîtes remplies de colifichets, oubliant la disgrâce du lieu où elle vivait et la laideur des choses qui l'entouraient. Vera passait des heures à choisir son matériel, choisir une couleur et y renoncer, des heures à hésiter sur la pointe d'une aiguille, aidée par Madame Marthe dont tout le monde vantait l'expertise en matière de fil à coudre. Elle avait acheté ici ce dont elle avait eu besoin pour coudre les premiers tailleurs qu'elle avait portés au travail où, dès son arrivée, elle s'était fait remarquer par une allure que son éducation ne lui avait pourtant pas enseignée.

Un jour, au début de leur rencontre, pensant détendre l'atmosphère, Anne-Marie avait préparé du thé. Les nièces l'avaient remerciée mais lui avaient dit qu'elles n'en buvaient pas et qu'elles préféraient se mettre tout de suite au travail car, plus vite les armoires seraient vidées, plus vite elles pourraient reprendre le cours normal de leur vie. Anne-Marie n'avait pas insisté, précisant qu'elle leur avait dégagé le terrain et sorti du dressing quelques bricoles sans intérêt qu'elle avait fourrées dans un sac-poubelle, mais aussi la robe de mariée qu'elles avaient brièvement évoquée et qui avait perdu de sa fraîcheur. La couleur s'était fanée, le bas était parsemé de minuscules taches qui avaient abîmé la soie, la fleur qui servait d'attache à la cape avait perdu sa forme. Anne-Marie voulut connaître l'avis des nièces avant de la mettre au rebut, geste auquel s'opposa l'une des jeunes femmes qui prétexta qu'on ne jetait pas une robe de mariée, même si le mariage avait été une catastrophe, que Dieu observait tout et que cela porterait malheur à celui ou à celle qui oserait le faire. Surprise, mais dans le fond pas si étonné par l'allusion au Divin, Anne-Marie sauva donc la robe de mariée de Vera sans que personne ne sût à qui ce sauvetage profiterait. Dans les affaires destinées à être jetées, curieuses d'en faire l'inventaire malgré ce qu'en disait l'amie de leur tante, les deux femmes trouvèrent des bijoux fantaisie sans valeur dont on se demandait ce qu'ils faisaient là, un vieux sac à main au fermoir cassé, mais aussi une blouse d'enfant coupée dans un tissu écossais vert et bleu, soulignée d'un col Claudine blanc. Au fond du sac, on trouvait de la poussière de poudre de riz qui mêlait son odeur à celle d'un petit mouchoir dont les années avaient altéré, sans tout à fait le gâcher, un parfum de muguet. Il y avait aussi ce qui avait dû être des pétales de rose, certains effrités, d'autres craquelés ou racornis, mais tous perdus dans la nuit d'un souvenir qui n'appartenait plus à personne. Quant au col Claudine, Anne-Marie avait menti en affirmant ne pas savoir d'où sortait ce vêtement passé de mode et à qui il avait appartenu. Elle n'avait pas eu envie d'entrer dans des détails qui ne regardaient pas les nièces. Anne-Marie dit distraitement que Vera n'avait jamais eu d'enfant, mais que si elle en avait eu un, il est certain qu'elle ne l'aurait jamais affublé d'une pareille frusque. En tenant la blouse à bout de bras, la nièce franche avait alors suggéré qu'elle ne pouvait être qu'une relique de la propre enfance de sa tante, le fétiche d'une époque oubliée qui revivait sous leurs yeux. La petite blouse à carreaux et la robe en jersey orange n'avaient pas de style mais exhumaient pourtant les preuves de l'existence d'une femme qui avait accordé autant d'orgueil à la vivre qu'à l'afficher. Contrairement à la robe trapèze dont l'origine était incertaine, la blouse écossaise offrait un indice précieux sur sa provenance. Cousue au col, une étiquette mentionnait un nom – Vimode –, sans doute celui de la manufacture qui l'avait confectionnée.

Les trois tailleurs

Chaque jour, comme des milliers de travailleurs, Vera faisait la navette jusqu'à cette zone industrielle, ruche humaine où l'on finissait par accomplir les mêmes gestes aux mêmes heures et aux mêmes endroits sans s'apercevoir du vide dans lequel ils vous jetaient. L'air du secteur était saturé d'une étrange odeur, résultat de la collision entre les effluves sucrés rejetés par une chocolaterie et le parfum du sang qui coulait en longues rivières des abattoirs d'où montait le mugissement des bêtes menées à la mort et d'où sortaient de monumentaux quartiers de viande. En fin d'après-midi, à la sortie des bureaux, il n'était pas rare de voir les passants élargir le pas ou carrément sauter pour éviter les mares de sang qui stagnaient entre les pavés du trottoir. Ce paysage sinistre évoluait au rythme des allées et venues des employés et des ouvriers qui, par grappes, s'engouffraient dans les bureaux et les manufactures qui les employaient. Parmi elles, voisine des établissements Fügler où travaillait Vera, l'usine Scala était auréolée d'un petit prestige dont bénéficiaient ceux qui y travaillaient. On y pressait les disques destinés au marché local de vedettes du rock ou de crooners romantiques qui plaisaient plus aux mères qu'à leurs filles. En France, la marque avait connu un grand succès avec la chanson d'un barbu en chemise mauve, *Les Bras du monde*, qui vantait les bienfaits du retour à la nature et de la vie en communauté hippie. De l'usine Scala sortaient des palettes de disques mais aussi toutes sortes d'affiches ou d'objets promotionnels dont les ouvriers faisaient profiter leurs collègues qui n'avaient pas la chance de vérifier la qualité de la gravure d'un microsillon mais la cartographie des nerfs striant les pièces de bœuf produites par les abattoirs. Ceux des alentours qui connaissaient quelqu'un travaillant chez Scala avaient l'habitude de jouir de cet étrange privilège – recevoir en cadeau les chutes et les ratés de la chaîne de production et rentrer à la maison avec des disques à l'étiquette décentrée ou gravés sur une seule face, ce qui était strictement interdit par un règlement de travail que personne ne respectait. Chaque jour, les vinyles impropres à la consommation étaient détruits et jetés dans une benne d'où s'échappait un arome âcre d'acétate, quelque part entre le parfum de la laque et celui de la colle. Connue pour n'avoir entamé aucune amitié à l'intérieur et à l'extérieur de la société Fügler, Vera ne profitait jamais de ces petites combines d'arrière-cours. Grâce à Victor Fügler dont les relations avec le directeur de Scala étaient excellentes, elle recevait toutes les nouveautés du label qu'elle écoutait le samedi matin en jurant que, si elle voulait, elle pourrait en faire autant. Depuis toujours, elle avait demandé aux chansons d'être ses alliées et de remplir le rôle pour lequel elles avaient été inventées – l'aider à faire face au désordre du monde.

Pas loin du sac-poubelle où gisaient les quelques effets de pacotille écartés par Anne-Marie, une housse à l'épaisseur inhabituelle pendait dans un coin. Elle avait probablement échappé à la dame de compagnie qui, depuis le premier jour, mettait un point d'honneur à baliser le théâtre des opérations du mieux qu'elle le pouvait. Une organisation pourtant mise à mal à chaque découverte des nièces qui apprenaient à connaître l'histoire de leur tante dans la chronologie la plus désordonnée, chaque vêtement redistribuant à l'aveugle les cartes d'un passé qui, au gré de l'exploration des placards de Vera, sautait d'une période à l'autre de sa vie. La housse renfermait trois jolis tailleurs, deux de couleur sombre, un aux tons plus clairs. Coupés de ses propres mains, ces trois tailleurs avaient constitué le rempart de l'émancipation de Vera. Les vestes foncées, légèrement cintrées sur les côtés, s'accordaient à des jupes de bonne coupe mais sans grande invention dont la longueur, correcte, laissait supposer qu'elles servaient au travail plutôt qu'au temps libre. Beige et plus léger, le troisième tailleur était composé d'une jupe portefeuille, fermée à la taille par deux boucles métalliques et d'une veste de type saharienne qui se distinguait par ses pattes aux épaules et ses quatre poches à rabats. C'était celui qui faisait le mieux souffler le vent de la jeunesse dans l'existence de Vera, employée modèle des transports Fügler et au centre de toutes les conversations de couloir suite aux rumeurs qui la désignaient comme la favorite du patron. Victor

Fügler ne pouvait pas compter sur un physique d'acteur de cinéma, mais il avait le charme des êtres bonasses. Un homme d'une compagnie agréable qui, comme beaucoup de patrons de la fin des années soixante, aimait promener les fétiches de sa réussite et de sa virilité, affichant à ses côtés la plus jolie secrétaire de sa boîte, un peu comme on présente un bon cigare et un bon whisky à la fin d'un repas. Il savait, car il était moins bête que les autres, qu'on ne pouvait s'attribuer la totale propriété de Vera dont il avait deviné qu'elle désirait n'être le bien de personne tout en faisant croire le contraire. Mari plus ou moins heureux en ménage et père de famille entièrement satisfait de l'éducation de ses deux enfants, Fügler n'exigeait pas grand-chose d'elle sinon d'être à sa disposition pour les déplacements professionnels et, pas plus de deux fois par mois, d'accepter sa présence dans son petit studio où il passait la nuit dans des draps en vichy qui prouvaient qu'il était bien un pacha au pays des jeunes filles. Vera demandait à son patron de ne rien lui raconter de sa vie conjugale et de l'aider à l'introduire dans le milieu des affaires – ce qu'il accepta volontiers puisque cela correspondait à son ambition de l'exhiber tel un butin doré. Les bureaux de la société Fügler jouxtaient de vastes entrepôts d'où partait le ballet des camions qui, tous les matins à l'aube, prenaient la route. Ils se trouvaient en bordure de périphérie où Vera avait élu domicile.

Au mois de décembre 1969, invité par son ami Harold Demulder, directeur de l'usine Scala, Victor Fügler emmena Vera à Londres afin d'assister à la soirée de lancement du nouvel album d'un groupe de rock. Le luxe de l'hôtel où se tenait la fête impressionna plus la jeune secrétaire que la présence des membres du groupe à qui elle ne demanda même pas à être présentée. Dans ce lieu qui ressemblait à la salle du trône d'un château de Bavière et réunissait la petite aristocratie du show biz, Vera fut rattrapée par une vieille idée qu'elle transportait en elle depuis si longtemps – en être. Harold Demulder s'empressa de pousser Vera au premier rang de l'assemblée lorsqu'arriva l'énorme gâteau décoré de fruits confits qui, en plus de la sortie du disque, célébrait les vingt-cinq ans du chanteur, un minet connu pour ses longues boucles blondes et sa manie de ne jamais boutonner ses chemises et d'exhiber un torse glabre qu'il faisait semblant de ne pas trouver sexy. Une petite troupe s'était formée autour de lui, distribuant compliments et œillades sur son poitrail où sautaient trois colliers faits de plumes et de galets polis. Il avait remarqué Vera qui ne fit rien pour répondre à ses regards passablement ridicules. Après lui avoir souri car c'était la moindre des politesses – il l'avait invitée à sa fête après tout –, elle tourna les talons pour suivre Demulder. De longs canapés de velours étaient pris d'assaut par des célébrités qui, affalées, fumaient, buvaient et s'entretenaient avec le plus grand sérieux avec des anonymes dont certains dictaient la loi dans l'industrie du show business. Beaucoup discutaient de l'effet commercial provoqué par le festival de Woodstock dont le succès de foule avait été incontrôlable. Artistes et entrepreneurs de spectacles échangeaient des idées, tentant de capitaliser sur la réussite de cet improbable rassemblement de campagne dont on disait qu'il ferait bientôt l'objet d'un film, ce que redoutaient les managers des groupes qui n'y avaient pas été conviés ou, pire, qui avaient refusé d'y participer. Demulder entraîna avec lui Vera, abandonnant Victor, accaparé par une vieille excentrique de retour du Mexique qui lui parlait de son gourou, adepte des champignons hallucinogènes – lui, le petit patron régnant sur une flotte de semi-remorques dont le plus grand vice consistait à tromper sa femme avec sa secrétaire. Demulder passait de groupe en groupe, s'inquiétant des chiffres de vente de l'un ou de la cure de désintoxication de l'autre. Le peu d'anglais qu'elle avait appris au cours de sa formation de dactylo n'avait pas suffi à Vera pour comprendre et savourer l'anecdote de ce chanteur en tee-shirt délavé, lui aussi, très excité par la présence de la jeune femme. En la dévorant des yeux, il expliquait – et Demulder traduisait – comment il avait dû quitter la scène de Woodstock juste avant que ne s'abatte un orage – ce qui, disait-il pour essayer de faire rire la compagnie, avait ajouté de l'électricité à l'électricité. Amusé par le petit numéro du chanteur et habitué à l'égocentrisme des pop stars, Demulder comprit que, malgré son mutisme et ses sourires, Vera n'en pensait pas moins. Il était séduit par la force de caractère qu'elle réussissait à faire passer dans sa silhouette et l'assurance qu'elle mettait à la sublimer. Il y avait chez Vera une supériorité du maintien et une élégance naturelle qui ne trahissaient rien de son ascendance et renvoyaient sur le banc des réserves la plupart des femmes présentes à cette fête. Avec presque rien, elle s'était confectionné une longue robe de cocktail noire, marqué par une large ceinture de strass dont on ne retrouvera aucune trace dans ses penderies. Où était passée cette robe si étroite qu'il avait été impossible à Demulder de la faire remonter à la taille lorsqu'au milieu de la nuit il avait voulu la prendre dans les toilettes de l'hôtel ? Il avait fallu tirer vers le bas l'interminable fermeture cachée dans le dos de la robe pour la voir tomber aux pieds de Vera qui, en se retournant, accepta d'accueillir en elle cet homme dont elle avait saisi qu'il était plus influent que n'importe quel chanteur dans le vent. En rentrant de la soirée, elle avait raconté à Victor ce qui s'était passé avec Demulder. Sa réaction était tombée comme un coup de poing dans le ventre. Vera avait compris qu'au nom de l'affection qu'il lui portait, il avait tout fait pour que les choses se passent ainsi, certain, disait-il, que Demulder pourrait lui apporter ce qu'il ne pourrait jamais lui donner. Pendant plusieurs mois, Vera avait alterné les rendez-vous avec Victor et Harold avant que ce dernier ne lui présente Daniel Galo, un imprésario à la recherche de nouveaux talents suffisamment ambitieux pour se laisser dresser comme de braves animaux de cirque destinés à attaquer les flancs du hit-parade et envahir les pages des magazines. Galo n'était pas très exigeant sur la technique vocale de ses poulains. Tout ce qu'il voulait c'est qu'ils assurent l'enregistrement de chansons au contenu léger et à l'exécution facile afin d'être mimées sans difficulté lors d'émissions de télévision construites sur le principe du play-back. Supervisés par un directeur artistique de la compagnie Scala séduit par l'allure de la jeune fille et par un ingénieur du son qui avait entendu bien pire durant sa carrière, les essais de Vera s'étaient avérés concluants. Elle avait donc enregistré un premier quarante-cinq tours dont le titre – *Les Nuages de notre amour* – et la mélodie – basée sur les deux accords les plus simples du monde – avaient immédiatement plu à une jeunesse en quête de modèles. Vera, qui se présentait désormais sous le nom d'artiste de Vera Dor, avait enchaîné les télés, les radios, les shootings et la mise en boîte d'un deuxième titre, encore plus bête et déraisonnable que le premier mais qui, comme l'avait prévu Dan Galo, était devenu le tube de l'été 1971. Tout le monde s'accordait à lui trouver de nombreux talents parmi lesquels celui, assez rare dans ce milieu, de savoir bien chanter. Le succès et le concert de louanges qui avait suivi l'arrivée de Vera sur la scène de la variété tranchaient avec les critiques violentes de ses collègues qui faisaient passer ses longues absences à son poste de travail sur le compte d'une histoire de sexe qu'elle vivait avec le patron dont tout le monde savait qu'il avait facilité son entrée dans le show biz. Sourde depuis toujours aux éreintements proférés par ses collègues, Vera, qui n'avait plus mis les pieds au bureau depuis plus d'un an, s'arrangea avec son directeur pour rompre son contrat et quitter l'entreprise sans que personne ne s'en aperçoive, sauf peut-être la nouvelle maîtresse de Victor Fügler, jeune recrue qui présentait moins bien qu'elle mais qui, si l'on se fiait aux bruits de couloir, suçait mieux.

La combinaison brodée

Anne-Marie avait lentement apprivoisé les deux femmes à qui elle récitait des bribes de la vie de leur tante, prenant soin de ne pas en éclairer les zones les plus troubles. Si elle avait déjà évoqué Renzo, elle était restée proche du scénario classique qui fait la banalité d'un mariage. Jamais elle n'aurait osé leur dire qu'il était homosexuel et que sa femme s'en accommodait parfaitement. Entre ce qu'Anne-Marie disait et ce qu'elle ne disait pas, il y avait cet espace flottant où évoluaient les nièces, loin de s'imaginer qu'on puisse leur cacher des choses puisqu'elles étaient loin de s'imaginer que ces choses puissent exister. Rien ne les associait à leur parente même si, chez l'une en particulier, Anne-Marie avait repéré quelques traits physiques qui semaient le doute. L'arête du nez qui formait un profil admirable dans le suivi de la ligne du front, les yeux en amande presque bridés qui attendaient avant de dévoiler la beauté d'un vert aussi lumineux que rare, certains gestes curieusement transmis d'une génération à l'autre. Celle qui ressemblait à Vera était la plus souriante et la plus ouverte. Elle avait fini par attendrir Anne-Marie, touchée par sa manière de faire défiler sur l'écran de son téléphone les photos de ses deux enfants qu'elle appelait « mes cœurs » et dont elle disait qu'ils n'étaient pas les plus beaux mais qu'ils méritaient quand même d'être montrés. L'autre, plus timide, était croyante et s'était donné comme mission d'être bonne avec le monde en publiant chaque matin sur sa page Facebook suppliques et prières qui attendaient toujours d'être exaucées. Les deux évoluaient dans un environnement auquel elles n'avaient rien à reprocher, ne se posant aucune question sur ce bonheur, partagé entre les joies de leur famille, les courses du samedi et les pots d'anniversaire à leur travail. Leur mère, qu'elles avaient évidemment mise au courant de l'héritage, était incapable de leur expliquer d'où sortait cette tante dont elle connaissait l'existence mais qu'elle n'avait jamais rencontrée. Elle ne l'avait jamais vue excepté sur un écran de télévision, leur père n'ayant jamais daigné en parler. Elle n'avait jamais osé demander quoi que ce soit sur cette sœur dont la mémoire s'était évaporée du village jusqu'au jour des premiers succès qui, au grand étonnement de tous, ramenèrent Vera au centre des conversations. Certains décrivaient la pimbêche qu'elle avait été, d'autres juraient qu'ils n'avaient jamais douté de son talent, d'autres encore se précipitaient pour rappeler qu'elle n'avait pas fait sa communion solennelle. Loin d'elle, les parents de Vera avaient accueilli cette réussite imprévue avec le sourire de ceux qui ne savent pas s'il faut en être fiers ou gênés, convaincus qu'un jour elle donnerait signe de vie – ce qu'elle ne fera jamais et ce que sa mère prendra comme le prix à payer de son ancienne lâcheté. Dans l'excitation des premiers jours, les deux sœurs avaient emporté quelques pièces légères – des écharpes de soie, des étoles en cachemire, des pashminas grands comme des draps – qu'elles s'étaient empressées de montrer à leur mère comme les fondements d'une élégance qui dépassait l'entendement. Des accessoires d'un extrême raffinement qui ne constituaient qu'une infime partie du magot dont elles ne savaient que faire. Anne-Marie leur donna le nom de quelques sites spécialisés où elles pourraient mettre en vente à un très bon prix tous ces vêtements qui, elle en était certaine, pouvaient intéresser les collectionneurs ou même d'anciens admirateurs en quête de reliques. Elles eurent du mal à croire qu'il pût y avoir des gens prêts à débourser de l'argent pour acheter des habits que personne n'avait envie de porter, soit parce qu'ils étaient démodés, soit parce qu'ils étaient trop luxueux et tout simplement importables.

Elles ignoraient tout des contraintes endurées par cette tante dont le bonheur affiché n'était qu'une clause du contrat qu'elle avait signé avec Dan Galo, son imprésario devenu son compagnon. Elle devait subir ses colères, ses emportements et se plier à toutes ses exigences. Un jour, il l'avait giflée après qu'elle eut refusé d'apparaître dans une émission de fin d'année alors qu'elle était exténuée et qu'il lui avait promis quelques jours de repos. La brûlure de la gifle l'avait convaincue d'honorer l'invitation de cette célèbre productrice télé qui avait eu l'idée de la faire chanter au pied d'un immense sapin, entourée d'une chorale de jeunes garçons vêtus d'aubes blanches. En attendant l'heure de son passage, Vera avait tout fait pour gâcher le travail de la production, seule façon pour elle d'exprimer son mécontentement. Elle avait ordonné qu'on lui trouve une loge plus grande, celle qu'on lui avait attribuée étant plus étroite que celle réservée à la vedette masculine. Dans ce petit monde des coulisses qui calquait sa topographie sur des rapports d'inégalité – d'abord les hommes, ensuite les femmes –, Vera avait fait un esclandre. Pour la première fois, elle avait menacé de ne pas chanter et pris à partie Dan, gêné de la voir déambuler, la tête couverte de bigoudis, dans les couloirs en hurlant des insanités. Elle disait qu'elle n'en avait rien à foutre de ces couilles molles et de ces merdeux. Elle disait qu'il ne fallait pas la prendre pour une conne et qu'ils allaient voir ce qu'ils allaient voir lorsqu'elle irait elle-même dégager l'autre de sa loge en lui mettant des coups de pieds au cul. Galo lui avait demandé d'arrêter de se donner en spectacle et de se présenter à temps pour la répétition. Après l'enregistrement, que Vera avait assuré avec un sourire de contrefaçon très professionnel, il l'avait entraînée à l'écart des regards et avait murmuré que la prochaine fois il passerait derrière la maquilleuse pour lui refaire le portrait.

Le calvaire de l'émission de Noël s'était poursuivi lors de la fête organisée par la productrice à laquelle Galo avait promis d'assister en compagnie de Vera et de deux nouveaux artistes de son écurie dont il avait négocié la présence dans le programme en échange de celle de sa vedette. Inquiète et fatiguée, incapable de contrôler ces incessants mordillements qui lui blessaient la lèvre inférieure, sujette à des bouffées d'angoisse qui la faisaient tanguer, Vera voulut rentrer. Mais Dan l'obligea à le suivre dans cette boîte de nuit où, pour l'aider à reprendre le contrôle, il lui fit avaler un comprimé dont la puissance mêlée aux effets euphoriques de l'alcool permit à Vera d'oublier les palpitations de son cœur. Dans l'espace plus sombre réservé aux invités de la production, plus personne ne parlait de l'émission qu'on venait de mettre en boîte. Plus personne n'évoquait les performances de la chorale de jeunes garçons. Tout le monde se moquait de son directeur artistique, tout le monde plaisantait sur ses possibles penchants et la possibilité de n'avoir qu'à tendre la main pour les satisfaire, tant de viande fraîche à disposition ayant sans doute dicté sa vocation dans le show biz. Des gens dansaient debout sur les tables basses, lancés dans une ébouriffante parade des corps. Des hommes buvaient le champagne au goulot, mouillant leur chemise blanche devenue transparente. Des filles se penchaient pour renifler de la cocaïne étalée sur des tabourets, faisant chuter les bretelles de robes qui moulaient leurs corps, dévoilant des seins que les plus téméraires des ivrognes n'hésitaient pas à malaxer jusqu'à finir par se les fourrer en bouche. Vera observait la scène, tristes bacchanales d'une petite élite qui s'octroyait tous les plaisirs sans penser à la vulgarité qu'elle inspirait. Elle avait le cerveau embrumé par les délices du médicament, le rythme cardiaque synchronisé sur les pulsions de *Soul Makossa*, le succès de Manu Dibango dont elle adorait entendre les saccades de percussions mêlées aux à-coups virils du saxophone. Quand le disc-jockey enchaîna *Soul Makossa* à *Jingo* de Santana, créant un effet de vrille sonique, mixant les percussions du premier aux bongos du second, Vera se lança dans un jerk épileptique auquel se serait volontiers associé le diable en personne. Sous le regard de Galo surveillant les agissements de ses poulains qui connaissaient les consignes – tout ce qu'on voulait mais jamais de débordements, ni de scandales –, Vera, effrayée par le souvenir de la violence revenue, buvait et dansait, emportée jusqu'à ne plus sentir ses membres. Dans une robe de soie rouge carmin dont le haut laissait deviner la pointe de ses seins, elle s'abandonnait à la musique. Elle se laissait percuter par les sons des tubes américains et brésiliens que le disquaire jouait sans savoir qu'elle les attrapait comme des bouées lancées à la mer. *You're So Vain* de Carly Simon, *Stuck In The Middle With You* de Stealers Wheel, *This World Today is a Mess* de Donna Hightower, mais aussi *País Tropical* de Jorge Ben ou le magnifique *Fio Maravilla* dont elle trouvait l'adaptation française de Nicoletta tellement réussie avec ses références aux favelas qu'elle rêvait de visiter sans savoir que ces bidonvilles n'étaient pas des attractions touristiques. Malgré la buée qui recouvrait son esprit, résultat du mélange d'alcool et du médicament qui décidément avait l'art de requinquer n'importe quel débris humain, Vera était traversée par des pensées qui lui tordaient le cœur. Elle savait qu'elle réussissait grâce aux aptitudes que d'autres n'avaient pas, mais elle savait que ses capacités vocales étaient limitées. Elle n'aurait jamais le coffre de Nicole Croisille, ni celui d'Esther Galil ou même de Frida Boccara dont la puissance du chant la renvoyait au bas de l'échelle des interprètes, en même temps qu'à la réalité de sa carrière – celle d'une petite chanteuse de variétés, blessée de n'être que ça. Et parce qu'il faisait chaud à crever et que tout le monde se noyait dans sa sueur, personne ne fit attention à Vera qui se déhanchait dans un coin, donnant des coups de poings dans le vide. La transpiration qui mouillait son visage faisait fuir un maquillage qui, vu l'était dans lequel elle se trouvait, ne demandait pas mieux. Au petit matin, dans le grand lit où ils avaient emporté des odeurs d'alcool et de fumée de cigarettes, elle se laissa tomber tout habillée. Dan avait voulu faire l'amour. Elle s'était reculée, il avait insisté, elle l'avait repoussé. Il était revenu à la charge. Ivre et à moitié comateuse, elle avait réussi à le chasser. Quand il avait encore essayé de l'attirer à lui, réveillée par la brutalité de ses gestes et le bruit de la soie qui se déchirait, elle avait bondi. Enragée à la vue de sa robe fendue, elle avait fait le tour du lit et avait commencé à le rouer de coups, frappant à la tête et aux tempes, là où elle savait que ses mains feraient le plus mal. Engourdi, Dan avait à peine bougé, ce qui avait permis à son assaillante de lui envoyer au visage plusieurs claques dont la force venait de loin et ne laissait aucun doute sur ses intentions. Elle criait qu'elle aimait cette robe. Qu'elle l'aimait plus que tout. Qu'elle coûtait les yeux de la tête. Elle criait qu'elle voulait le tuer, l'injuriant, le traitant de maquereau, de fumier, de voleur. Elle aboyait qu'il ne devait plus jamais lever la main sur elle, qu'il n'avait aucun droit sur elle, qu'elle n'était pas une salope, qu'elle n'était pas sa pute, qu'elle détestait les hommes comme lui qui ne méritaient aucune considération. Elle hurlait qu'il avait ruiné sa robe. Elle hurlait qu'elle n'avait qu'une envie : lui cracher au visage, ce qu'elle fit, songeant à mettre dans la puissance du jet toute la tristesse de son histoire. Elle savait que, dans son métier, les jeunes filles qui rêvaient d'enregistrer un disque ou deux étaient souvent obligées de mettre leur corps en gage, sans aucune garantie de réussite. La plupart du temps, abusées, épargnées par le succès, elles étaient comme répudiées, congédiées pour laisser la place à d'autres dont le cœur à l'ouvrage n'avait d'égale que leur naïveté. C'était la loi d'un milieu qui, au-delà de l'enchantement qu'il faisait miroiter, reflétait surtout les plus bas instincts de l'âme humaine. Le nombre de filles qu'elle avait vues arriver, faire trois tours de piste et puis disparaître, vidées par le découragement, honteuses du peu d'enthousiasme qu'elles inspiraient. Oui, elle en avait vues quitter la scène sans que personne ne s'en émeuve, sans que quiconque, des mois ou des années plus tard, ne se souvienne ni de leurs chansons, ni de leur visage. Face à la caméra, elle en avait vues dire que ce métier était le plus beau du monde alors qu'elles souffraient chaque jour de le pratiquer, hypothéquant leur joie de vivre, ruinant leur santé mentale aux ordres de brutes comme Dan Galo dont tout le monde savait qu'il avait un passé de crapule. Vera n'avait jamais vraiment voulu savoir d'où il tirait ses manières brusques, et il avait toujours pris toutes les dispositions pour la protéger des rumeurs courant sur son compte. Avant de se lancer dans le business de la musique, Galo s'était distingué dans le monde de l'arnaque, mais ses hauts faits de guerre se limitaient à l'organisation de quelques escroqueries qui, si elles l'avaient obligé à mettre sur pied l'une ou l'autre expédition punitive, n'avaient jamais tué personne. Dans le vertige de sa colère, Vera continuait à déverser coups et insultes à l'encontre de celui qui, le front couvert de crachats, finit par se redresser pour la plaquer contre le matelas. Les bras relevés, les poignets prisonniers, Vera réussit à se libérer et à hisser son corps jusqu'à atteindre la joue de Dan dans laquelle elle enfonça ses dents, appuyant dans la chair, la bouche remplie du goût du sang et de la peau qui se détache. Meurtri par la douleur et par réflexe, Dan voulut la frapper mais suspendit son geste à la vue du visage halluciné de Vera. Il s'était alors détourné et avait abandonné la scène pour aller soigner sa blessure qui, sans être grave, lui laisserait une marque au coin de la lèvre, paraphe d'une haine qu'il pensait être celle d'une nuit et qui était en fait celle de toute une vie.

Le lendemain après-midi devait être consacré à l'enregistrement d'un titre dont la sortie était prévue pour la fin du printemps. Vera se traîna jusqu'au studio, la tête encombrée des excès de la nuit. Après avoir distraitement salué les musiciens et réclamé un calmant, elle se jeta dans un canapé en attendant les instructions de Galo qui, le visage couvert d'un pansement, dirigeait la session avec la rudesse de ceux qui pensent que tout leur est dû, toujours prompt à aboyer ses ordres à l'ingénieur du son, cible de tous ses reproches. La voix de Vera n'était jamais assez mise en évidence, les orchestrations prenaient toujours trop de place, le son n'avait jamais la couleur qu'il cherchait et qui, le plus clair du temps, n'en avait aucune – vu le peu de raffinement qu'on mettait à polir ce genre de production. Une ou deux prises suffisaient pour boucler la partie vocale, le reste suivait rapidement sans que Vera n'eût rien à dire sur le processus de fabrication qui, à l'arrivée, donnait à peu près toujours la même chanson – rythmée, légère et sans fond. Cette fois, pénalisée par le manque de sommeil et la prise de médicaments qui avaient déposé un léger voile sur ses cordes vocales, Vera eut beaucoup de mal à remplir sa tâche, se prenant les pieds dans des paroles d'une sottise qui frôlait l'insulte, reprenant sans cesse ce texte qui disait qu'au temps des beaux jours s'accompagnait le retour de l'amour. Furieux de ne pas entendre ce qu'il voulait entendre, Galo interrompit la séance et demanda qu'on apporte une bouteille de whisky, du thé et du miel, espérant débloquer son artiste qui interprétait le titre de façon mécanique, la gorge cadenassée et sans aucun engagement. Vera but et ne fit qu'aggraver l'état de sa voix qu'elle n'arrivait pas à poser à cause d'un souffle trop court et trop rapide. Elle eut juste le temps d'arracher le casque qui recouvrait ses oreilles avant de s'effondrer derrière le micro de la cabine insonorisée. À l'animosité de la nuit avait succédé un énorme sentiment d'abattement qui, mêlé à la fatigue, avait amené Vera au bord du malaise. Comme si cette chanson aberrante, après lui avoir confisqué toutes ses forces, l'avait poussée dans le dos face à un vide qui la terrifiait. Revenue à elle, elle expliqua à Galo qu'elle n'aimait pas la chanson, qu'elle la trouvait encore plus inepte que toutes celles qu'elle avait enregistrées mais que, cette fois, elle n'arriverait pas à faire semblant. Elle le regarda droit dans les yeux, lui présenta ses excuses et lui dit qu'on pouvait très bien se passer de la sortie de ce quarante-cinq tours, qu'on pouvait le remplacer en exploitant deux titres d'un long-playing précédemment paru, qu'on n'en avait pas besoin, que l'argent n'était pas tout, surtout lorsqu'il y en avait déjà beaucoup. Elle le supplia. Il la calma en lui assurant qu'ils allaient arrêter la séance, qu'ils allaient rentrer se reposer, appeler le médecin, histoire de voir ce qui n'allait pas avec sa voix. Pour mieux la rassurer, il fit ce qu'il ne faisait plus depuis longtemps, il la serra dans ses bras, lui promettant qu'il lui amènerait bientôt de nouveaux textes signés par de nouveaux auteurs à condition qu'elle accepte de revenir et de finir l'enregistrement de ce titre qu'il voulait à tout prix mettre sur le marché car, disait-il, ils ne pouvaient pas se permettre de rater la saison. Elle s'était exécutée et, sans personne pour mesurer l'effort que cela lui avait coûté, *L'Amour à la mer* avait triomphé tout l'été.

Pour interpréter *L'Amour à la mer* sur les plateaux de télé, elle avait choisi une combinaison brodée d'or qui cachait sa poitrine autant qu'elle dénudait ses épaules dans un dos-nu effréné qui plongeait jusqu'au bas des reins. Ce costume de scène avait fait un tel effet auprès des fans que Galo demanda qu'on le décline dans une version argentée que Vera porterait, des mois plus tard, sur la pochette de *Femme de swing*, titre d'un album qui faisait référence à l'esthétique des Années folles, qu'elle prit encore la peine de mettre en boîte au grand bonheur du public qui l'avait adoré. Extraits de ce trente-trois tours,

Danser rêver et *Manhattan Night* avaient été de grands succès qu'elle défendait dans cet ensemble sculpté de broderies brillantes. En plus des séances chez une ancienne cantatrice italienne qui, étonnée par la grâce naturelle de son chant, lui apprenait à utiliser son diaphragme, Dan exigeait que Vera suive des cours de modern jazz. Avec l'aide d'un chorégraphe américain qui avait obtenu ses galons en entraînant les filles de plusieurs revues parisiennes, elle soumettait son corps à toutes les contorsions de la danse. Elle apprit quelques pas qui, mis bout à bout, finirent par former une chorégraphie, illustration tonitruante de tubes tout aussi tapageurs. Après *Femme de swing*, les enregistrements continuèrent à s'enchaîner dans une précipitation qui ne laissait aucun répit à la chanteuse, aucun moment pour s'interroger sur le sens et la direction que prenait sa carrière. Les disques se vendaient par milliers, les fans criaient leur dévotion et Galo la protégeait des contingences matérielles. Il mettait tout en œuvre pour que ses chansons s'immiscent dans l'esprit d'un public qui n'attendait que ça – se laisser faire. Vera savait que la conception d'un trente-trois tours s'appuyait sur la mise en évidence de deux ou trois titres susceptibles de devenir des succès, le reste était composé de chansons moins fortes, enregistrées en un temps record. Livrés par de jeunes auteurs compositeurs débutants, certains de ces titres avaient pourtant pu saisir une autre facette de sa personnalité et étaient bâtis sur des lignes mélodiques qui, malgré leur extrême simplicité, arrivaient à guider Vera vers des territoires qu'elle avait peu explorés. Quant aux paroles de ces chansons que personne n'écoutait – à l'exception de quelques admirateurs acharnés –, même si elles ne transpiraient pas la grande poésie, elles étaient un peu moins insensées que toutes celles qu'elle avait coutume de chanter. Dans *L'Hiver de l'amour*, Vera chantait l'histoire d'une femme qui multipliait les aventures amoureuses et – comme disaient les paroles –, « aux portes du froid revenu », se retrouvait seule avec sa peine et son reflet désolé dans un miroir givré. Dans *Bleu comme le blues*, elle énumérait une série de souvenirs heureux partis en fumée, et dans *La Main de demain* – titre que Galo trouvait complètement idiot –, elle évoluait sur un rythme de guitare acoustique pour narrer les malheurs d'une jeune fille qui tentait d'oublier le passé. Vera n'avait jamais l'occasion d'interpréter ces chansons, aussi vite enregistrées qu'oubliées, et à part elle, personne ne s'en plaignait. La stratégie commerciale était ainsi définie et elle avait fait la fortune de Dan Galo qui, au terme du contrat qui liait Vera à Scala, fonda sa propre compagnie – les Disques du galon – dont la réussite s'appuyait sur les faramineux résultats de ventes de sa compagne. Pour le choix des titres, leurs arrangements et leur transposition chorégraphique qui en faisaient de parfaits produits calibrés pour la télévision, elle écoutait cet homme qui, après s'être exercé sur des chanteuses plus ordinaires et au succès timide, avait trouvé en Vera l'artiste qui allait lui apporter la reconnaissance d'un métier qui, par certains aspects, ressemblait à celui de souteneur. Galo avait l'habitude d'inonder de cadeaux et de voyages les programmateurs des télés et des radios afin qu'ils matraquent les disques de sa protégée, allant jusqu'à distribuer des enveloppes dont le contenu finissait par convaincre les plus réticents. Il s'était forgé une réputation exécrable, celle d'un rufian prêt à tout pour imposer les signatures de son catalogue, pratiquant le chantage et même la menace. Lorsqu'il avait appris que certains cherchaient à produire des copies presque conformes de Vera Dor, il n'avait pas hésité à envoyer l'un de ses employés chez ces concurrents afin de calmer leur envie de marcher sur ses plates-bandes. Vera ignorait tout des agissements de son compagnon, elle mettait la crainte qu'il inspirait sur le compte de la rivalité qui traversait cette profession somme toute violente et difficile. Elle savait que Dan était dur en affaires, qu'il n'admettait pas qu'on lui tienne tête, qu'il passait des heures à négocier et à exiger des choses qu'il pensait être nécessaires pour sa carrière, même si beaucoup de ces requêtes lui paraissaient relever d'excentricités dont elle se serait facilement passée. Mais ces exigences, qui n'avaient aucun sens et rendaient souvent pénibles les relations avec les autres, n'étaient rien face à la discipline que le manager lui imposait. Le moindre faux pas dans l'exécution d'une chorégraphie, le moindre regard raté à la caméra, le moindre retard à une session d'enregistrement était sanctionné par de vives remontrances qui renvoyaient la chanteuse au temps de son enfance. Et quand l'une de ses deux nièces mit la main sur la combinaison brodée dont le relief doré n'avait rien perdu de sa lumière et de sa splendeur, tenant le vêtement à bout de bras, elle avait dit à sa sœur : « Qui va bien vouloir racheter ça ? »

La robe foulard

Trop jeunes au moment de sa gloire, les nièces n'avaient jamais entendu les chansons de Vera. Un matin, Anne-Marie débarqua avec les deux trente-trois tours qui mirent fin à sa carrière, l'un enregistré à Londres avec des musiciens anglais, l'autre à Rio au moment où la vague du tropicalisme tentait une percée dans les hit-parades. Sur la couverture de l'album brésilien, Vera posait assise en tailleur sur une plage baignée par la lumière d'un coucher de soleil qui venait se poser sur une mer aux reflets moirés. Une parfaite illustration de la couleur locale qu'inspirait alors le Brésil, sa douceur de vivre et sa musique si sensuelle. C'est sur la base de ces clichés que Vera avait imaginé ce disque, composé de chansons qu'elle avait voulues lascives, des chansons qui, disait-elle, donneraient envie de se baigner nus et de faire l'amour les corps encore mouillés. La photo du disque montrait Vera habillée d'une courte robe vaporeuse et bariolée. L'une des nièces releva que ce vêtement n'était pas remonté à la surface du dressing, même s'il était vrai qu'elles étaient loin d'en avoir fait le tour. Anne-Marie fit remarquer que la robe ne se trouvait pas ici, certaine du sort que lui avait réservé son amie en l'abandonnant derrière elle dans un hôtel de Rio.

Tout relevait de l'évidence dans cette aventure du disque brésilien dont la conception et l'enregistrement avaient enfin permis à Vera de ne plus toucher terre. Galo avait mené son enquête dans le business et déniché un couple d'auteurs compositeurs – Breno Fores et Anna Maria Franiele. Lui, musicien venu de São Paolo, elle, Italienne francophile auteure de plusieurs tubes dans son pays. Galo pensait qu'il était suicidaire de changer de style, mais il savait qu'il devait se plier à ce caprice au risque de voir Vera mettre ses menaces à exécution et tout arrêter. En assumant de défendre *L'Amour à la mer* et *Femme de swing*, en travaillant dur pour atteindre l'objectif fixé par son imprésario, elle avait tenu une moitié de la promesse. Dan avait tenu l'autre en organisant le premier rendez-vous avec Breno et Anna Maria, curieux, à défaut d'être honorés, de voir ce qu'ils pouvaient faire pour redynamiser une carrière qui n'en avait nullement besoin. Dans son appartement où tout était décoré de velours brun, de plexi transparent et de meubles laqués noir, Vera expliqua au duo vers où elle voulait aller. Elle dit quel genre de mélodies elle cherchait et quels types d'émotions elle voulait exprimer dans ses nouvelles chansons qu'elle espérait plus douces que toutes celles, tapageuses, qu'elle avait interprétées jusqu'ici. Le courant était bien passé et on avait vite abandonné le thé pour l'alcool. Breno improvisa à la guitare quelques mélodies dont les vagues accents mélancoliques eurent pour effet immédiat de séduire Vera qui, les yeux fermés, buvait en l'écoutant. Anna Maria fredonnait sur la musique de son compagnon et Vera ne comprenait pas comment elle arrivait, sans effort, à caler sa voix sur les notes aventureuses du guitariste, comment deux hasards pouvaient ainsi se rencontrer pour faire naître au monde quelque chose qui n'existait pas quelques secondes avant le début du monde. Touchée par la musique que les deux laissaient s'évader sans que personne ne songe à la retenir, elle essaya de contrôler ses émotions en avalant un nouveau calmant qu'elle trouvait plus efficace sur la durée car plus fort dans sa composition. Aidée par plusieurs verres de vin, Anna Maria se leva et tendit la main à Vera pour qu'elle la rejoigne. Une paume posée au bas du dos et l'autre sur le ventre, elle fit pression pour redresser le tronc de Vera, position simple qui ouvrait la cage thoracique et facilitait le passage de l'air. Vera traduisit ce geste comme un signal. Debout entre le canapé et la table basse, elle accompagna Anna Maria sur les airs imaginés par Breno. Anna Maria lui souriait, certaine d'avoir à ses côtés une femme qui avait passé des années à oublier de pleurer, une femme dont les yeux mouillés n'exprimaient pas seulement la joie du moment mais laissait entrapercevoir des peines secrètes et endormies. Dans son coin, taiseux et alerté par la tournure que prenait cette collaboration, Galo trouva la scène grotesque, habitué à des artistes qui, plutôt qu'à leurs sentiments, obéissaient à la feuille de route qu'il leur établissait. Quelques bouteilles plus tard, Breno avait déjà trouvé la ligne mélodique de deux bossa nova qu'Anna Maria décida d'illustrer par des paroles qui s'appuieraient sur ce qu'elle avait deviné des tourments de Vera. Une soirée avait suffi à faire oublier à la jeune Italienne l'artiste de variétés, la marionnette abandonnée aux mains de son patron, la fille sans caractère ni personnalité que Vera – elle le constata ce soir-là –, n'était pas. Anna Maria avait reconnu en elle une sœur de douleur qu'elle avait eu envie de prendre dans ses bras, ce qu'elle fit aux dernières notes jouées par Breno qui connaissait le penchant de sa femme pour les autres femmes. Pendant près de six mois, alors que la presse s'interrogeait sur la retraite de Vera Dor – sans doute une manœuvre de son manager pour créer une attente et attiser la curiosité –, la chanteuse avait travaillé sur les maquettes des nouvelles chansons que lui avaient livrées ses nouveaux collaborateurs. Elles correspondaient exactement à ce qu'elle voulait, faisant reculer les limites de ses possibilités en termes de poésie et de mélodie, au grand dam de Galo qui ne voyait pas comment extraire un tube de cette collection de chansons dont certaines duraient plus de six minutes et d'autres n'avaient même pas de refrain. Anna Maria, que tout le monde appelait maintenant Anne-Marie, avait tout écrit en français, sauf *L'Ora dell'odore,* un court texte sur les bienfaits de la sieste et, entre les lignes, du sexe, qui avait nécessité à Vera des semaines d'apprentissage d'un italien phonétique que tout le monde, sauf son imprésario, avait trouvé charmant. C'était le titre le plus rythmé, une sorte de frêle samba exécutée avec une voix paresseuse, le seul qui, dans l'esprit de Galo, avait peut-être une chance de se distinguer dans les ventes à condition d'en enregistrer une version française. Vera avait immédiatement refusé, provoquant la colère de son manager qui, mis à mal dans ce projet qu'il jugeait aberrant, avait voulu déchirer les partitions de Breno et s'était ravisé en voyant dans les yeux de sa compagne le feu prêt à tout incendier. Les autres chansons sondaient des thèmes qui, en filigrane, dressaient un portrait de Vera, redevenue joyeuse à faire son métier car, pour la première fois, elle reconnaissait les mots qu'elle chantait. Pour compliquer un peu plus la tâche de Galo, elle exigea d'enregistrer l'album au Brésil, accompagnée de musiciens que Breno connaissait et à qui il l'avait déjà recommandée. L'affaire, qui n'avait pas été facile à monter, retarda l'enregistrement du disque dont le mixage serait aussi réalisé à Rio. L'opération avait entamé une partie des économies de Vera qui avait insisté pour la financer elle-même, Galo minimisant sa prise de risques aux frais de fabrication et de distribution de l'œuvre – ce qu'il trouvait déjà cher payé pour un trente-trois tours dont il savait qu'il ne se vendrait pas. Concentré sur le développement de nouveaux projets, il finit par faire un pas de côté dans cette épopée brésilienne dont il confia la direction artistique à Breno. Quand tout fut prêt, Vera, Anne-Marie et Breno embarquèrent pour Rio. Sur place, Vera découvrit le plaisir inouï de s'entendre chanter en parfaite harmonie avec des musiciens qu'elle ne connaissait ni d'Ève ni d'Adam et dont elle ne parlait même pas la langue. Elle restait bouche bée devant la facilité de ces musiciens qui jouaient sans commettre d'effets, sans s'appesantir et sans penser à briller. Ils exécutaient à la perfection la musique écrite par Breno, sans oublier de partir à l'aventure pour provoquer ce sentiment de grâce qui semblait prouver que leur don venait vraiment de Dieu et qu'ils avaient raison de croire en lui. Leur plus grand talent consistait à jouer comme s'ils n'avaient aucune technique. L'extrême élégance de la musique qu'ils produisaient rayonnait au-delà des murs du studio et portait Vera en équilibre dans cette expérience qu'elle savait être une imprudence commerciale mais qui la comblait de joie. Le matin, le midi, le soir et la nuit, elle était obsédée par la beauté de cœur de leur musique d'une exquise limpidité, si limpide qu'on la pensait facile à faire. Elle était portée par la langueur du moment, certaines séances d'enregistrement la rapprochaient un peu plus du jardin qu'elle avait en elle et dont elle ignorait tout, à commencer par le chemin qui y menait. En lévitation, elle suivit Anne-Marie qui, avant de s'envoler, avait arrangé un rendez-vous avec un ami italien qui se trouverait être à Rio en même temps qu'elle. Lorsqu'elles arrivèrent dans le vieux palace où était descendu Renzo, on les dirigea vers une grande terrasse qui, à l'arrière du bâtiment, surplombait la mer et bruissait des conversations de ceux qui s'y pavanaient. De toute évidence, Anne-Marie n'était pas la seule à avoir été conviée à ce dîner sous les étoiles. Il y avait là plusieurs représentants de la scène chic internationale à laquelle appartenait Renzo, héritier des rois de la chaussure dans une péninsule si fière de produire de beaux cuirs. Point de fuite du tableau, il abandonna ses convives pour aller accueillir Anne-Marie et Vera qu'il reconnut au premier coup d'œil. Dans un français parfait, il lui dit combien il était heureux de faire sa connaissance, remerciant Anne-Marie de lui faire cette surprise. En passant, il somma son invitée de lui donner une explication sur les circonstances qui avaient conduit Vera Dor jusqu'à cette petite fête qu'il organisait – c'étaient ses mots – « en l'honneur de rien ». Les deux femmes avouèrent qu'elles étaient en studio pour l'enregistrement d'un disque. Piqué au vif, leur hôte précisa avoir hâte d'entendre ce que donnerait ce virage artistique dans la discographie de Vera qu'il connaissait bien. Vera fut terrassée par le charme infernal de cet homme qui, plus que beau, était désirable au point de vouloir enfreindre toutes les règles de la bienséance. Sa peau, son corps, son regard, tout respirait chez lui l'appel au geste déplacé, semblable à celui du visiteur du musée qui tend irrésistiblement la main pour toucher l'œuvre qu'il a devant lui alors que c'est formellement interdit. Il dégageait quelque chose de désarmant qui ne vous donnait qu'une seule envie – être d'accord avec lui. Dans les rires, et à travers les conversations, Renzo dit à Vera qu'il aimait plusieurs de ses chansons, qu'elles avaient l'art de le mettre de bonne humeur – ce qui, selon lui, remplissait parfaitement le contrat qu'on passait avec la musique légère quand on voulait lui donner une chance de nous plaire. En esquivant un pas de jerk, il fredonna le refrain de *L'Amour à la mer* – « Quand tu me tiens la main, le soleil revient. Quand tu ne le fais pas, je plonge en enfer. C'est l'amour à la mer » –, embarrassant Vera qui lui demanda gentiment d'arrêter. Il s'était tu et elle avait senti le sol se dérober. Sur une partie de la terrasse située derrière une forêt de hautes plantes, on avait dressé une longue table au-dessus de laquelle tremblait la lumière de bougies et de flambeaux qui éclairaient le soir tombé. Tout en continuant à discuter avec cette nonchalance qui faisait d'eux des personnages à l'aise dans n'importe quel décor et n'importe quelle circonstance, les invités prirent place sans suivre de plan de table. Sur ordre de Renzo, Anne-Marie et Vera se retrouvèrent à ses côtés – ce qui lui avait permis de finir le travail entamé pour atomiser le cœur de la chanteuse. Les mois d'intimité qu'elles avaient passés à peaufiner les paroles des nouvelles chansons avaient amené Vera et Anne-Marie à se comprendre sans avoir besoin de se parler. Durant le cocktail, Renzo présenta Vera aux autres convives sans jamais insister sur sa célébrité, et Vera s'entretint avec eux sans jamais parler d'elle-même. Anne-Marie assistait à leur chorégraphie qui, d'heure en heure, les rapprochait, prenant le soin de laisser entre eux ce qu'il fallait d'espace pour faire croire que tout cela n'était que badinerie alors qu'il s'agissait de préliminaires exécutés à la vue de tous. Anne-Marie avait souri en observant son amie tomber amoureuse et puis, comme satisfaite et soulagée du tour que prenait la soirée, s'était retournée vers son voisin pour poursuivre une conversation sans intérêt à propos de la hauteur de la statue du Christ rédempteur au sommet du Corcovado. Dans le coin de l'oreille, feignant le bel indifférent qui n'avait rien à perdre, sachant qu'à tous les coups, il serait gagnant, Renzo avait prévenu Vera qu'il était prêt à lui proposer un marché sous forme d'ultimatum – ou elle acceptait de rester dormir cette nuit avec lui ou il se levait et se mettait à chanter *L'Amour à la mer* suivi de *Manhattan Night*. C'était à prendre ou à laisser. Il ajouta qu'il n'avait pas à s'excuser pour la façon directe de faire sa demande, puisque passer la nuit ensemble était la chose qu'ils attendaient depuis toujours sans que ni l'un ni l'autre n'en furent jamais informés. Pourquoi perdre encore plus de temps ? Cet homme, qui avait l'aisance des riches sans leur arrogance, attendait une réponse, sourire aux lèvres, conscient qu'il venait, en une seconde, de la massacrer d'amour. C'est dans l'écoulement de cette seconde qu'elle comprit qu'il n'y aurait rien à faire. D'en haut – un peu comme les âmes dont on dit qu'elles sont capables de sortir du corps qui les abrite et de s'élever –, elle vit deux êtres qui, à cet instant précis, avaient décidé de tout se donner en n'ayant nullement besoin de se le jurer. Vera portait la robe foulard Pucci qu'elle avait choisie la veille pour un shooting qui devait immortaliser son passage au Brésil. Nouée autour du cou, elle ne réclamait qu'un geste pour se défaire et tomber à ses pieds. Ses épaules et ses bras nus avaient une teinte cuivrée qui offrait un fabuleux contraste avec les couleurs de la robe – le rose, le vert et le bleu des motifs psychédéliques qui s'entrelaçaient pour former un tableau irradiant. Vera et Renzo s'embrassèrent sur le balcon d'une suite qui, grand ouvert, donnait sur une lune qu'on pouvait presque toucher du doigt. Plus tard, quand ils se souviendraient de leur première rencontre, ils s'amuseraient à se moquer de la scène digne des plus beaux romans-photos à l'eau de rose, sans concevoir que, vue de l'extérieur, leur vie ressemblait vraiment à un roman-photo à l'eau de rose.

Le lendemain, Vera téléphona à Dan Galo pour lui annoncer que le disque était terminé, qu'il était magnifique et qu'elle le quittait – aveu qui lui facilita la tâche lorsqu'il eut répondu qu'il la trompait depuis des mois avec Serenity, une nouvelle recrue qu'il allait bientôt lancer dans le disco qui était, d'après lui, le prochain gros marché à attaquer. Sur ces considérations professionnelles avait pris fin leur histoire d'amour où il ne fut jamais vraiment question d'amour. Au téléphone, reconnaissant de lui avoir évité un drame inutile, il avait accepté de continuer à s'occuper de ses affaires, même s'il ne croyait pas à la nouvelle direction de sa carrière. Il lui avait dit qu'il ferait tout pour imposer aux médias ce disque qui sonnait comme une anomalie dans son parcours, mais que le travail serait difficile. *Vera chante le Brésil* sortit et prit tout le monde par surprise. Peu de gens l'aimèrent et ses ventes, comme l'avait prévu Galo, furent très décevantes pour ne pas dire catastrophiques. Fidèle à ses méthodes musclées, Galo essaya de passer en force le rempart des radios mais ne réussit pas, cette fois, à intimider les programmateurs qui, malgré deux passages télé obligatoires marquant le retour de Vera à la chanson, avaient rapidement cessé de diffuser *L'Ora dell'odore* dont personne ne comprenait les paroles et dont le rythme, pas assez enlevé, n'accrochait pas. Même les fans, qui l'achetèrent par fidélité, n'avaient pas fait grand cas de cet album incompris qui, par le capricieux mouvement de balancier des modes, mettrait des années à sortir de l'oubli et à trouver un nouveau public qui lui tresserait des couronnes de louanges. Le temps avait commis un de ces rares miracles, modifiant le regard sur cette œuvre, hier qualifiée de ratage, aujourd'hui considérée comme un objet de culte – exemplaire et presque visionnaire. Les arrangements, la voix, le son, les guitares, les percussions – la nouvelle génération aimait tout de ce que les autres avaient détesté et reconnaissait à *Vera chante le Brésil* un haut degré de sophistication où, selon les connaisseurs, on retrouvait les influences croisées d'Astrud Gilberto et de Steely Dan. La chose était d'autant plus inconcevable que le disque avait surgi des oubliettes longtemps après que Vera eut mis un terme à sa carrière. Installée dans une nouvelle existence qui l'avait éloignée du monde de la musique, elle était étonnée d'entendre dire que le disque brésilien vivait une deuxième vie. Le comble avait été atteint lorsque Vera, par l'intermédiaire du groupe qui avait racheté le catalogue des Disques du galon, reçut l'invitation d'un festival de jazz à venir assister au concert hommage durant lequel l'intégralité de *Vera chante le Brésil* serait interprété par une formation contemporaine. Anne-Marie, restée très proche de Vera, et plus proche encore lorsque toutes deux s'étaient retrouvées veuves, était séduite par l'idée d'entendre le disque dont elle avait signé toutes les paroles revu par des artistes d'aujourd'hui. Amusées, les deux femmes acceptèrent de faire le déplacement pour assister à l'événement qui raviverait l'épisode de leur vie qui les avait faites amies. Une fois qu'Anne-Marie eut confirmé leur présence au concert, une demande du management du groupe avait rapidement suivi. Pour rendre le moment encore plus exceptionnel, Vera accepterait-elle de rejoindre le groupe sur scène pour interpréter l'une des onze chansons prévues au programme ? Autant l'idée d'assister au spectacle la flattait, autant celle d'y participer la faisait paniquer. Elle n'avait plus chanté depuis des années, il était hors de question d'accepter cette folie qui la mettrait à coup sûr en danger. Le simple fait d'imaginer perdre ses moyens sur scène lui donnait des palpitations. Ce soir-là, Vera but et avala deux cachets d'anxiolytiques en songeant qu'il n'y avait meilleur endroit dans la vie qu'à côté de la vie. La soirée s'était terminée aux urgences. Allongée, le regard vaseux, la bouche pâteuse, elle avait murmuré à Anne-Marie cette requête maintes fois entendue – « Ne pars pas, reste avec moi. »

Lors du festival, l'hommage au disque brésilien fut ovationné par un public qui, longtemps après sa sortie, continuait à célébrer ses qualités. L'enthousiasme de la salle et la prestation du groupe émurent Vera et Anne-Marie, ébahies par l'instant, étonnées d'entendre ces vieilles chansons dont elles n'avaient jamais soupçonné qu'elles les mèneraient un jour jusqu'ici. Elles passèrent la moitié du concert à se tenir la main et à se jeter des regards, complices et comparses d'une aventure qui remontait à leur jeunesse. Elles reconnurent évidemment tout de leur travail, même si le groupe avait modifié les arrangements en y ajoutant des sons de synthétiseurs et de boîtes à rythme qui donnaient à l'ensemble un vernis plus moderne. À la fin du concert, la chanteuse annonça la présence au premier rang de Vera Dor et Anne-Marie

Franiele qui se levèrent pour saluer la salle dans un fracas d'applaudissements, surprises et désorientées par une standing ovation qui dura le temps de montrer aux deux femmes combien cette collaboration avait marqué le public. Tout le monde avait pu constater que, dans sa robe d'un rose vif piquant, les cheveux cintrés en un chignon de cinéma, le cou barré d'une longue écharpe en tulle, Vera était restée d'une élégance capable de faire la morale au temps qui passe. Même si son visage avait vieilli, même si elle n'avait jamais rien fait pour le faire refaire et même si on y repérait quelques traces laissées par l'alcool, elle avait toujours une classe inouïe. Escortées jusqu'au bar de l'hôtel où avait lieu une réception en leur honneur, Vera et Anne-Marie s'étaient laissé guider avec, dans le regard, l'amusement entendu de celles qui savent d'où elles viennent, passent leur vie à l'oublier et ne l'oublient jamais vraiment. Vera avait dû calmer les effusions du directeur du festival, lui rappelant qu'elle ne représentait plus rien sur la scène musicale et que ce disque brésilien était un accident de parcours qui n'avait pas conquis le monde. Il réserva à Anne-Marie un chapelet de compliments encensant son talent d'auteure. Elle n'avait pas voulu contrarier sa gentillesse et avait répondu que l'existence en effet l'avait gâtée, plaisantant sur le fait qu'elle avait vécu au-dessus de sa condition qui la destinait à remplir des bordereaux dans une quelconque administration ou à tamponner des enveloppes au guichet du bureau de poste de son patelin italien. Aux musiciens intimidés, Vera exprima toute sa gratitude et dit combien elle avait adoré entendre ses chansons ainsi rafraîchies, combien elle avait été honorée d'être choisie pour être au centre d'un spectacle dont la plus belle qualité restait la jeunesse de ceux qui venaient de le présenter. Une fois la glace brisée, ils avouèrent avoir frémi en sachant qu'elle avait accepté l'invitation et avoir eu le trac de leur vie en montant sur scène car ils redoutaient sa réaction aux nouveaux arrangements qu'ils s'étaient permis d'imaginer sur ses titres. Et comme ils n'hésitaient pas à parler de chef-d'œuvre retrouvé, Vera avait rétorqué que si chef-d'œuvre il y avait, Anne-Marie en était en grande partie responsable avec Breno Fores qui malheureusement avait quitté ce monde depuis longtemps. Même s'ils connaissaient tout de cet album dont ils parlaient comme d'un missel, ils se montrèrent d'une curiosité sans fin à propos de son enregistrement, réclamant des détails, des anecdotes, mais aussi les chutes et les inédits jamais publiés. Anne-Marie les avait déçus en précisant que les onze chansons gravées sur le disque était tout ce qu'elles avaient mis en boîte et que s'il devait exister des chutes, elles n'avaient sans doute aucun intérêt sinon celui d'entendre Breno donner des instructions aux musiciens ou diriger le chant de Vera. Mais leur fétichisme semblait n'avoir aucune limite. Grisés par l'instant et désinhibés par les verres de vin blanc qu'ils enchaînaient pour se donner du courage, ils disaient être prêts à n'importe quoi pour entendre ces bouts d'enregistrements dont on ne savait pas s'ils avaient existé et si tel avait été le cas, s'ils étaient perdus à jamais. Des restes, des scories, des cendres, c'est tout ce que ces passionnés affamés voulaient récupérer de ce moment que

Vera, égayée par le fanatisme de ses interlocuteurs, dit être l'un des plus beaux de sa vie. Et les musiciens d'acquiescer tant ce bonheur évoqué résonnait à travers la splendeur lumineuse du disque. Plus tard dans la soirée, toujours installée à la table d'honneur, Anne-Marie confia à son amie que tout cela dépassait l'entendement et relevait d'une idée fixe que seule la jeunesse était capable de développer sans se rendre compte du ridicule de l'affaire. Elle demanda à Vera de cesser de boire. Dans la voiture qui les ramenait à leur hôtel, à moitié endormie, Vera murmura à Anne-Marie qu'elle avait raison, que tout cela était exagéré, que tout cela ne valait pas la peine, qu'elle en voulait à ces petits cons d'avoir ravivé des souvenirs où elle se reconnaissait à peine. Elle leur reprocha de ne pas avoir remarqué que la meilleure chose de l'album brésilien était la robe qu'elle portait sur la photo de couverture. Elle dit qu'elle regrettait de l'avoir oubliée là-bas.

Le tailleur en laine

Quand Anne-Marie leur fit écouter le disque brésilien, les nièces trouvèrent les chansons ennuyeuses. Apprenant qu'elle en avait signé les textes, elles explosèrent de rire. Elles avouèrent ne pas trop aimer car ce n'était pas leur style de musique et qu'à choisir, elles préféreraient entendre le disque anglais. Anne-Marie les suivit dans leurs rires et leur raconta comment cet album enregistré à Londres, deux ans après l'épisode brésilien, avait poussé Vera à arrêter la chanson. Toujours contre l'avis de Dan Galo qui, cette fois, avait refusé d'en assumer la production et la promotion, l'album avait été réalisé dans un studio où personne, ni l'ingénieur du son, ni les musiciens, ni peut-être Vera elle-même, n'avaient beaucoup prêté attention aux compositions qu'elle disait vouloir défendre. Entièrement financé par Renzo qui, en dépit du peu d'intérêt qu'il portait à sa carrière, ne voyait aucun inconvénient à satisfaire tous les désirs de son épouse, le disque était un album concept. L'ensemble des chansons formait un récit à la première personne – celui d'une jeune fille rêvant aux nuits éperdues qu'on pouvait vivre dans les discothèques. Baptisé *Night-club*, écrit par Anne-Marie et en partie composé par Breno, le disque misait sur de subtiles sonorités funky qui n'avaient pas réussi à le sauver du naufrage. Quand il avait entendu les maquettes, Galo avait pâli avant d'entrer dans une rage folle. Il ne voyait pas comment le public pourrait porter la moindre attention à cette histoire de godiche déblatérant son ennui dans des chansons interminables qui, malgré leur ambition, ne feraient danser personne. Sans l'appui de la presse, le trente-trois tours était sorti dans l'indifférence presque générale et avait fini par convaincre Vera, depuis longtemps distraite par son mariage, d'abandonner le show biz. Complètement oublié, jamais réédité, objet de la rupture entre la chanteuse et son imprésario, *Night-club* avait pourtant suivi le même chemin que *Vera chante le Brésil* et avait été redécouvert, des années après sa sortie, par la nouvelle génération indignée qu'on ait pu passer à côté de ce grand disque de pop française.

La nièce croyante était persuadée que Vera, en leur léguant sa fortune, voulait réparer une histoire interrompue. Elle disait prier pour demander pardon, émue par ce qui avait éloigné Vera des siens et qui, pour elle, restait un mystère. L'autre avait photographié les pochettes des deux albums et les avait postées sur Facebook avec ce commentaire : « Quand tu découvres que tu avais une star dans la famille. » Emportées par le flux des anecdotes livrées par Anne-Marie, les jeunes femmes se prirent au jeu et demandèrent ce qu'était devenu Dan Galo, comment était mort Renzo, elles-mêmes ayant vaguement raconté la disparition de leur père, tué dans un accident de la route, et le dépérissement de leurs grands-parents dont aucun n'avait survécu au chagrin. De Dan Galo, Anne-Marie n'eut pas grand-chose à dire, à part qu'il avait continué à s'enrichir grâce au monde de la musique, et plus particulièrement grâce à la vague disco qu'il avait flairée – il fallait lui laisser ça – avant tout le monde. Elle avait entendu dire qu'il avait cédé sa maison de disques et était parti s'installer à Los Angeles où il était peut-être toujours vivant. Pour évoquer Renzo, Anne-Marie se sentait coincée par la règle qu'elle s'était imposée depuis le début et qui l'empêchait de tout dire à son propos. Pour assouvir la curiosité des filles, elle fouilla un moment dans les affaires de Vera avant de mettre la main sur un tailleur en laine bouclette noire. La teinte sombre du vêtement était délicatement illuminée par une ganse de velours noir soulignant le revers de la veste. Elle insista pour que les filles palpent l'étoffe afin de juger de sa qualité et observent les finitions, comme celles des manches montées avec une habileté telle qu'on les croyait posées là par la simple intervention du Saint-Esprit. Porté avec un chemisier à lavallière noire, mais sans bijoux, l'ensemble avait servi d'habit de deuil le jour des funérailles de Renzo, l'homme qui avait fait jurer à son épouse de ne jamais dire à ses parents de quoi il était mort. Si sa belle-mère avait accueilli avec joie la décision de Vera d'arrêter la chanson, elle ne s'était jamais vraiment habituée à elle, déçue par le choix de son fils d'épouser une fille qui n'était pas de son cercle, n'avait pas de parents et peu de manières. Maligne et la langue acide, la mère de Renzo ne s'était jamais privée pour la mettre mal à l'aise, pointant les lacunes dans sa culture générale, de prétendues fautes de goût vestimentaire ou des gestes inappropriés qui trahissaient un manque d'éducation évident. Trop occupé à faire tourner ses usines, trop absorbé par ses investissements dans la publicité, qu'il décidait désormais sans l'aval de sa mère, et surtout trop affairé à être heureux, Renzo ne s'était jamais vraiment préoccupé des attaches familiales de Vera qui, à ses yeux, avait commencé à exister le jour où il l'avait rencontrée et qui, au début de leur histoire, avait prétendu avoir perdu ses parents. Le bonheur était le premier passe-temps de Renzo, doué pour le dénicher et le vivre sans se poser de questions. S'il pouvait échafauder des stratégies commerciales à long terme, il affirmait être incapable de dire pour combien de temps il en avait sur cette terre – ce qui le poussait à vivre chaque moment comme s'il s'agissait du dernier. Cette philosophie d'hédoniste en mocassins de daim était facilitée par l'argent qu'il gagnait – et qu'il gagnait jusqu'à ne plus savoir qu'en faire. Mais même pauvre, Renzo se serait arrangé pour attirer le bonheur à lui. Vera disait qu'on pouvait attraper la maladie de la joie rien qu'en le regardant. À l'argent, Renzo ajoutait un physique qui passait pour un scandale tant il n'avait rien à faire pour provoquer les autres et déclencher leur désir. Au bras de Vera, il avait élaboré l'image d'un couple fort comme une bastille, symbole d'une réussite qui faisait saliver les lecteurs et les lectrices des magazines dans lesquels il apparaissait au gré du calendrier mondain. Le ciment de l'entreprise sentimentale conçue par Renzo et Vera avait rapidement pris sur la base de leurs secrets échangés, plaçant ainsi sur la table les termes d'un pacte qui devait les encourager à s'aider mutuellement. Jamais il n'aurait imaginé tomber sur une acolyte du niveau de Vera, capable de comprendre sa vie affective sans la juger et capable de le protéger dans un monde d'apparences où il n'y avait aucune place pour les homosexuels. À deux, ils vivaient trois vies. Celle, officielle, de leur couple, celle, souterraine, des aventures de Renzo et celle, tout aussi confidentielle, des escapades de Vera. Une harmonie qui se moquait des conventions, sans doute incompréhensible pour le reste du monde si le reste du monde savait comment était agencée leur vie intime qui, à bien des égards, ressemblait à un inceste non consommé. Plus elle ne couchait pas avec lui, et plus elle l'aimait. Plus il couchait avec d'autres, et plus il l'adorait. La clandestinité de ses rapports avec les hommes était la seule ombre au tableau que représentait la vie publique de Renzo Di Pasquale, l'un des industriels les plus en vue à une époque où les grands patrons avançaient auréolés d'un statut envié par une certaine jeunesse. Mais la pratique de la marginalité où tout se fait en silence et dans le noir n'avait pas abîmé l'aura de Renzo qui finit par jongler avec les deux faces de son existence sans que quiconque le remarquât. L'image du couple heureux qu'il exhibait en parfaite connivence avec Vera lui permettait d'abriter son secret qui, au fil du temps, prendrait de plus en plus de place dans une vie qui avait fait du mensonge un atout et de l'esquive un art. Vera avait l'habitude de lui rappeler les consignes de sécurité de leur mariage quand elle estimait qu'il agissait en imprudent. Il n'était pas question pour lui de fréquenter les boîtes et les lieux de drague de la ville, mais rien ne l'empêchait de le faire à l'étranger où il était souvent appelé pour ses affaires. En Italie, en Suisse ou en Allemagne, il s'était constitué un réseau de connaissances qu'il voyait à chacun de ses déplacements et qu'il suivait dans le labyrinthe d'une vie nocturne, invisible à l'œil nu, mais extrêmement bien délimitée et signalée pour ceux qui en connaissaient les codes. De ces virées dans les clubs, qui souvent évoquaient des cryptes du sexe, Renzo rentrait le corps exténué et parfois dépité lorsqu'il s'était fait braquer le cœur par l'un ou l'autre de ces garçons dont Vera ne connaissait rien. Elle savait qu'il y avait un certain Helmut avec qui son mari avait établi une relation plus ou moins fixe, mais elle savait aussi qu'il y avait tous les autres avec qui les choses se passaient rapidement dans des histoires brèves qui démarraient par un bonjour et ne finissaient pas toujours par un au revoir. À Vera, il confiait ce qu'il voulait bien confier de ces rencontres. Parfois, il l'attendrissait. Il lui disait : « Quand je regarde des hommes bien faits, je me demande toujours quels enfants ils ont été. » Sans entrer dans les détails, il s'amusait avec elle à imaginer la tête de sa mère, si stupidement bigote, devant le tableau de son fils au lit avec un homme. Cela faisait bien rire Vera pour qui toutes les railleries et tous les sarcasmes sur sa belle-mère étaient les bienvenus. Malgré les précautions prises pour calfeutrer leur intimité et leur ingéniosité à faire illusion, il était déjà arrivé qu'ils se retrouvent dans des situations embarrassantes. En montant les marches de l'opéra où se tenait un gala de charité, Renzo et Vera étaient un jour tombés sur un inconnu dont le smoking parfaitement coupé faisait ressortir le carré de ses épaules. D'abord gêné et puis conscient du ridicule de la scène, il s'était approché pour les saluer, rappelant à Renzo qui il était – alors qu'il le savait très bien –, précisant qu'il avait fait le voyage jusqu'ici pour assister à cet événement dont sa société était l'un des mécènes. Malgré le trouble, tout le monde avait compris de quoi il retournait sauf l'épouse de l'inconnu qui, revenue des commodités, souriait innocemment sans penser un instant que son mari avait couché avec l'homme qu'il venait de lui présenter. C'était la première fois que Vera voyait un des amants de Renzo et, pendant qu'ils se faisaient photographier par les reporters fidèles au poste, elle avait murmuré que décidément il avait bon goût pour tout.

Vera s'habitua vite à cette vie arrangée, non seulement pour le confort qu'elle lui offrait, mais aussi pour l'affection qu'elle portait à Renzo et l'envie de lui rendre la vie plus facile. Durant ses années de show biz, elle avait souvent croisé de jeunes hommes et de jeunes femmes à qui on interdisait d'afficher leurs préférences sexuelles au risque de voir leur carrière mise en danger. On inventait alors des compagnes et des fiancés à celles et à ceux obligés de jouer la comédie, on organisait des séances photo qui relevaient du simulacre. Parfois, on montait des mariages qui duraient le temps de vendre plus de disques. Elle-même ne s'était jamais refusé un pas de côté dans les bras d'une femme et avait quelques fois partagé le lit d'Anne-Marie, la première à l'avoir initiée à ce genre de caresses, sans que cela ne bouleverse ses habitudes, accordant à ces jeux d'un soir le piquant d'expériences qui vous ouvrent l'esprit en faisant délicieusement vaciller vos certitudes. Cacher, dissimuler, mentir et sourire – là se trouvaient les contraintes de la célébrité qui, depuis qu'elle avait épousé Renzo, l'avaient fait migrer vers les pages mondaines des magazines, ces endroits où s'étalaient la fortune, la chance et le visage de ceux dont elle faisait désormais partie. Cette communauté constellée qu'elle s'était efforcée de rejoindre pour échapper à cette existence déplorable et pouilleuse que son milieu lui réservait et lui ordonnait de vivre avant même qu'elle ne commence à vivre. Autant elle avait assimilé les mœurs dévoyées et cruelles du milieu de la chanson, autant elle alimentait en silence un dégoût profond pour les manières des puissants dont la distraction préférée était de montrer qu'ils étaient plus riches que d'autres riches. Quand elle regardait leurs photos publiées dans les journaux, elle s'imaginait passer derrière eux, un revolver à la main, et les abattre un à un d'une balle dans la nuque. Elle disait à Renzo qu'elle acceptait de jouer le rôle qu'il voulait qu'elle joue, que tout cela l'arrangeait, mais elle disait aussi que, des riches, une fois la fête finie et le dos tourné, elle vomissait leur morgue, leur mépris et leur suffisance. Renzo riait de ses manières de petite terreur et, distraitement, lui conseillait de se contenter de cracher dans la soupe, que c'était moins grave que de tuer de pauvres financiers qui ne lui avaient rien fait. L'exhibition de sa célébrité, Vera la destinait principalement à ses parents qu'elle espérait sentir souffrir à chaque fois qu'ils la voyaient à la télé. Des images publiées de son mariage avec Renzo, elle attendait qu'elles les renvoient à leur tristesse maladive et à leur condition d'êtres sans importance. Elle ne pensait jamais à eux, mais parfois quand les circonstances s'y prêtaient – une fête somptueuse dans une somptueuse propriété, des convives ahurissants de savoir-vivre –, elle avait l'esprit traversé par cette idée enivrante qu'ils étaient nés bas et ne s'en relèveraient jamais. Vera avait accès à tout ce qu'il leur avait toujours été refusé et dont ils ne soupçonnaient même pas l'existence, englués qu'ils étaient dans leur ignorance. Elle avait compris que, quoi qu'elle fasse pour les maudire et les déshonorer, elle avait dans la peau la mémoire des coups reçus des mains de son père. Elle ne voulait jamais penser à eux, mais quand elle le faisait, c'était pour fantasmer leur mort. Elle imaginait le pire. Le plus grave des accidents à l'usine de son père n'était jamais assez grave pour voir son corps coupé en deux par la plus barbare des machines. À sa mère, elle souhaitait une longue maladie, de celles dont on sort défiguré par la souffrance et dont on implore qu'elle cesse pour vous laisser enfin crever en silence. De celles qui vous rongent les intestins, mangés par une nuée d'insectes infects, entrés dans le corps pour vous faire payer. La maladie ou la folie, elle ne savait pas ce qu'elle préférait comme punition à réserver à cette femme qui n'avait jamais levé le petit doigt pour la défendre. Oui, peut-être la folie, cette sensation de morsure dans la tête qui vous fait basculer dans un état de spectre, déchiqueté par une terrible agitation qu'on ne peut calmer qu'en vous ligotant les bras derrière le dos dans une camisole mouillée de larmes qui n'intéressent plus personne. De son frère, elle ne savait plus rien et n'avait jamais cherché à en savoir quoi que ce soit, certaine qu'il avait, sur les traces de son géniteur, reproduit le scénario de l'ignominie, seul sentiment qu'elle le croyait capable d'inspirer. Mais observer l'inconsistante hypocrisie de l'existence des Di Pasquale et connaître les conditions dans lesquelles Anne-Marie avait été maltraitée ne l'avaient pas rassurée sur le bien que faisaient les familles quelle que soit leur position dans l'échelle sociale. Elle souhaitait aux familles tout le mal qu'elles méritaient, s'interdisant de songer à ce qu'aurait pu être la vie si elle n'était pas née dans ce village qui ressemblait à un monde à moitié éteint et dans ce foyer qui était tout sauf un abri. Ces familles qui, en juste retour de douleur, ne méritaient qu'une chose – qu'on les fuie.

Vera et Renzo n'avaient aucun mal à se glisser dans la peau de leurs personnages, amusés et concentrés à interpréter cette parfaite composition leur assurant la vie douce. S'ils trompaient les autres, ils ne se mentaient jamais, au centre d'un amour qu'eux seuls pouvaient comprendre. Comme il n'était jamais intervenu dans sa carrière de chanteuse, il la laissait libre de ses agissements dans ce milieu des affaires dont la mécanique était aussi basée sur des rouages de représentation. Pour ajouter à l'illusion du couple qui se fond dans les habitudes d'un écosystème dont le plus grand cynisme était de se dire préoccupé par le sort des autres, Renzo suggéra à Vera de s'intéresser à une œuvre de charité. Il lui souffla l'idée de financer une fondation, n'importe laquelle, qui lui permettrait d'être présente sur la scène des actions de bienfaisance où se distinguaient ses congénères qui mimaient un vague intérêt pour les malheurs du monde. Vera prit la proposition très au sérieux, convaincue qu'elle pouvait servir une cause mais sans tomber dans l'hypocrisie à laquelle faisait allusion Renzo lorsqu'il évoquait l'esprit de ces femmes riches persuadées que, sans elles, le bien ne se faisait pas. Secondée par Anne-Marie, Vera tenta d'entrer en contact avec des associations préoccupées par l'émancipation des femmes. Grâce à ses connexions, Vera eut l'occasion de rencontrer quelques militantes qui œuvraient pour une meilleure condition des femmes. Comme elle s'en doutait, le dialogue n'avait pas été facile à établir. Méfiantes, elles avaient rappelé à Vera son passé de chanteuse dont l'allure et l'insouciance véhiculaient des valeurs en parfaite contradiction avec les mots d'ordre de leur combat. Pour certaines, il était hors de question d'accepter l'argent de Vera, symbole d'un système qu'elles honnissaient. Hors de question d'accepter l'aumône de cette célébrité qui cherchait vraisemblablement à se mettre en évidence dans un engagement qui, pour elle, ne serait qu'un passe-temps. Seules les fondatrices de Novela, un collectif dédié à la parole des femmes, comprirent qu'on pouvait avoir dansé dans une combinaison en paillettes, qu'on pouvait posséder de l'argent, s'habiller chez les couturiers et avoir une conscience. À partir de ce moment, Vera fut autorisée à financer Novela dont la mission la plus urgente était de se faire connaître car les femmes qu'elle voulait aider soit ignoraient son existence, soit rechignaient à s'y rendre. Parfois, Vera était fatiguée d'entendre les responsables de l'association lui raconter ces histoires de filles jetées à la rue par leur propre famille parce qu'elles s'étaient retrouvées enceintes, ou ces scènes de ménage d'où les femmes sortaient le visage blessé et l'estime de soi fracassée. Après ces réunions, le cerveau agité par la brutalité sans limite des hommes, elle rentrait à la maison, et demandait à Anne-Marie de lui servir un whisky avec un ou deux comprimés qui, soutenus par l'influence de l'alcool, ne faisaient pas injure à leur dénomination de calmant.

Le manteau en brocart

Perturbée par l'idée que Vera fut maltraitée par son père, la nièce croyante demanda qu'on cesse de ressasser ces vieux souvenirs dont elle disait ne rien vouloir savoir. C'était du passé, un passé auquel elle n'avait pas participé, ce qui la dédouanait du jugement à porter sur un grand-père qu'elle n'avait jamais connu violent – sa sœur pouvait en attester. Elle ne savait rien de Vera, à l'exception de ce que voulait bien lui en dire Anne-Marie qui, lorsqu'on y songeait, pouvait très bien raconter n'importe quoi. Sa sœur réagit durement et la pria de ne pas s'en prendre à Anne-Marie qui n'avait aucune raison de réécrire l'histoire. Elle affirma qu'au lieu de juger les autres, elle ferait mieux d'ouvrir les yeux sur son propre parcours et de trouver une sortie de secours à un mariage qu'elle subissait avec la bonne volonté de celles qui ne veulent pas déranger l'ordre des choses. C'était la première fois qu'Anne-Marie sentait une telle tension entre les deux sœurs. Très contrariée par ce qu'elle venait d'entendre, la croyante mit fin à l'échange et se précipita hors du dressing.

Anne-Marie n'avait pas menti, des robes plus belles encore que celles déjà exhumées, il y en avait d'autres. Mais ces vêtements avaient beau être de grande valeur, ils étaient vidés du souffle qui leur avait donné du relief et de la vie. Une fois encore, elle insista sur le fait qu'ils pourraient intéresser des collectionneurs, voire l'un ou l'autre musée, avançant que certaines pièces n'avaient jamais été beaucoup portées et qu'il était certain qu'elles ne le seraient plus jamais. Qui oserait s'exposer aujourd'hui dans des robes aussi inimaginables ? La haute couture s'était perdue dans des habitudes modernes qui n'avaient plus besoin d'elle. Même si elle s'adressait toujours à une élite, elle était devenue l'extrême privilège d'une poignée de clientes fortunées qui, comble du comble, pensaient aussi qu'elle était devenue hors de prix. Car l'art de la haute couture était avant tout un art de la prodigalité, une discipline qui citait la danse, le mouvement et la poésie. Un savoir-faire dont le moindre drapé et le moindre plissé exigeaient dix fois, quinze fois, vingt fois la longueur normale d'un tissu nécessaire à la réalisation d'une simple robe. Pratiquement plus rien n'existait des mœurs de cet univers où le sur-mesure relevait de l'exploit humain, où les vêtements se montaient et se démontaient à la main, parfois à la force des pouces, au rythme de multiples essayages qui réclamaient une patience d'ange et un temps que plus personne ne possédait. Dégagée d'un portant par la main hasardeuse d'une des nièces, un ensemble démoniaque s'amusait à provoquer l'œil sur un contraste entre le long et le court. Sous un manteau en brocart qui tombait aux chevilles et se voulait une interprétation du kimono traditionnel, impossible à fermer car dépourvu de boutons, on trouvait une minirobe coupée dans la même matière, fourreau dont la longueur n'allait pas plus loin que mi-cuisse. Une version de luxe et impayable des microjupes portées par Debbie Harry, la chanteuse du groupe Blondie dont Vera s'était entichée. C'est dans cet ensemble osé, qui ne cachait rien de la ligne fuselée de ses jambes, que Vera assista au gala d'un prestigieux musée de New York aux bras de Renzo et d'Helmut, l'amant allemand de son mari. La soirée de charité célébrait la beauté des costumes de la dynastie Qing à travers une exposition baptisée *Dragon de Mandchourie*, mais les photographes s'étaient focalisés sur l'arrivée de cette femme, flanquée de ceux qui, vêtus de la même veste au col Mao, semblaient incarner ses chevaliers servants ou ses gardes du corps. Les initiés avaient bien évidemment reconnu Renzo Di Pasquale, le roi du cuir, et son épouse que les chroniqueurs aimaient qualifier de « ravissante ». Tout le monde, y compris les membres du comité organisateur de l'événement, se demandait qui était l'homme qui accompagnait le couple et se démarquait par une beauté dont le retentissement suffisait à expliquer sa place sur le tapis rouge. Les trois se présentaient avec le plaisir affiché et sulfureux d'intriguer, acteurs d'une excentricité qui, si on regardait bien, voulait montrer que la sexualité est une frontière ouverte, plus accueillante que ne le laissent entendre ceux qui n'en connaissent que la lisière. Vera avait fait la connaissance d'Helmut quelques mois auparavant et elle était captivée par sa présence. Renzo avait brisé la règle selon laquelle il avait le droit de vivre comme il l'entendait mais sans court-circuiter l'image qu'il affichait aux côtés de Vera. Il n'avait pu résister à l'envie de présenter à son épouse celui qu'il avait rencontré dans un club de Berlin et dont, surpris par lui-même, il était tombé amoureux. Renzo fréquentait ces boîtes où, à l'écart du monde extérieur, les clients, harnachés de cuir, pratiquaient des jeux sexuels extrêmes. Il était devenu un adepte de cette nouvelle culture du désir qui passait par ces terriers du plaisir où la parole n'avait plus d'importance, remplacée par un système de codes dont l'avantage était de gommer l'origine et le statut social de ceux qui les avaient assimilés, transformant les êtres en corps anonymes. Le sexe se consommait sur place dans des pièces qui n'avaient besoin d'aucune lumière pour éclairer l'altesse de l'instant que beaucoup vivaient comme une syncope dans l'absolu de la chair. Des espaces sombres conçus pour désorienter les hommes guidés par la recherche de délices, une architecture de l'obscurité imaginée pour faire perdre le sens de la mesure à ceux qui, une fois entrés là, abandonnaient leur carapace et commençaient à respirer, contents de se retrouver, enfin libres d'être libres. Ici, on entendait le bruit des ceintures qui claquent sur la peau humide, les gémissements de martyres souriants et le son percutant d'une musique martiale faite pour accompagner l'augmentation du rythme cardiaque obtenue par l'inhalation de poppers dont la composition volatile faisait régner dans ces lieux une odeur de vestiaire où primait un parfum de chaussettes sales. Renzo citait souvent Helmut dans ses conversations avec Vera qui, en général peu curieuse des aventures nocturnes de son mari, avait fini par saisir la nature des sentiments qui liaient les deux hommes. Quand il décida de franchir le pas et l'invita à la maison, Vera avait tout de suite remarqué combien sa grâce épousait celle de son époux, combien leur association pouvait faire éclater en morceaux tous les principes de la morale bourgeoise à travers laquelle ils prenaient plaisir à avancer masqués. Elle finit de rassurer Helmut sur la transparence du couple qu'elle formait avec Renzo, situation qu'il connaissait déjà puisque son amant lui avait longuement parlé de ce mariage qu'il décrivait comme un marché passé entre deux amis qui s'aimaient à la folie. Comme pour signer le compromis qui autorisait Helmut à s'introduire dans leur existence, Renzo et Vera trinquèrent à ce nouveau triangle sentimental. Tard dans la soirée, à l'ivresse, au champagne et aux médicaments, succéda cette scène où Vera vit pour la première fois son mari embrasser un homme. Avachie sur le canapé, le corps dans les vapes, elle observait le petit jeu de l'un déboutonnant la chemise de l'autre, regardait leurs lèvres se rapprocher pour finir par s'amarrer dans une torsion des visages qui débordait de tendresse. Sans dire un mot, elle se leva et se retira dans sa chambre sans que cela n'interrompe la parade amoureuse à laquelle se livraient Renzo et Helmut. Le lendemain, elle avait décrit le moment à Anne-Marie, lui expliquant combien assister à ce spectacle avait été une chance qui, l'espace d'une nuit, l'avait rendue moins inculte et plus douce.

Anne-Marie avait mis longtemps à se remettre d'un divorce difficile imposé par Breno, devenu fou d'une jeune fille qui l'avait poussé à faire le voyage du retour vers le Brésil. Guérie de cette rupture, elle avait clamé haut et fort que rien ne valait la tendresse et le sexe entre femmes, qu'on ne pouvait plus revenir en arrière, une fois qu'on y avait goûté et compris tous ses avantages. Elle multipliait les aventures avec des filles dont certaines rencontrées chez Novela où, déléguée par Vera, elle s'était fortement investie. Vera savait d'où venait Anne-Marie. Elle savait combien elle avait souffert d'être un objet encombrant dans sa famille où mettre au monde une fille était, sinon un malheur, une calamité. Elle faisait partie de ces filles que beaucoup de pères étaient tentés, comme on le fait des chats à la campagne, de noyer à la naissance. Anne-Marie lui avait raconté comment, malgré les obstacles, les injures et les gifles, elle avait trouvé le courage de s'enfuir pour atterrir dans une communauté d'artistes où les hommes, malgré les idées progressistes qu'ils défendaient, n'étaient pas spécialement plus respectueux des femmes. C'est pourtant là qu'on l'avait encouragée à persévérer dans l'écriture de poèmes qui, par le hasard des rencontres, allaient devenir ses premières chansons. Vera était tombée en admiration, non seulement devant son talent d'auteure, mais aussi devant la prouesse de sa fuite qui en avait fait une compagne de route idéale. Elle aimait saluer le destin et remercier Dan Galo qui avait permis que leurs chemins se croisent. Toutes les deux avaient été élevées par des parents qui se comportaient mal dans des maisons où elles n'étaient rien. Avec le temps, leur amitié, qui heureusement avait évité de sombrer dans la mièvrerie d'une histoire d'amour, prit les allures d'une relation de couple où l'une, sans en être esclave, restait préposée au confort de l'autre. Renzo rencontra Anne-Marie au début des années soixante-dix alors qu'il fréquentait la bohème chic milanaise où elle avait été introduite par des fils de bonnes familles, admirateurs qui entendaient dans ses chansons autre chose que cette variété sucrée dont l'Italie s'était fait une spécialité. Sans être des amis intimes, Renzo et Anne-Marie s'appréciaient et se croisaient de loin en loin lors de fêtes où se mêlaient vieilles princesses et jeunes créateurs de mode, patrons de la droite chrétienne et cinéastes communistes. Aucun des deux n'avait imaginé qu'ils se retrouveraient acteurs d'une histoire où ils partageraient la même affection pour la même femme. Anne-Marie était au courant de la double vie de Renzo, et n'avait rien trouvé à y dire, persuadée que personne n'avait à juger personne sur la manière de mener le bal dans sa chambre à coucher, une fois les portes fermées. Connaissant les manies de sa femme, Renzo n'avait jamais demandé à Anne-Marie de surveiller sa consommation d'alcool et de médicaments, il savait qu'elle le faisait, alimentant entre eux une entente où tout était clair et facile. Les sommes que lui rapportaient les droits d'auteur sur d'anciennes chansons qui, Dieu sait par quel miracle, passaient parfois à la radio, ne permettaient pas à Anne-Marie de vivre décemment. Vera avait donc demandé à Renzo de faire le nécessaire pour qu'elle soit engagée dans l'une de ses sociétés, ce qu'il accepta, allant jusqu'à créer un poste dont la description l'autorisa à travailler en dehors des bureaux et exclusivement sous les ordres de son épouse qui pourtant n'apparaissait dans aucun organigramme du groupe qu'il dirigeait. Il disait à Vera et à Anne-Marie que l'argent n'avait aucune importance, qu'il leur en donnerait autant qu'elles en voudraient. Le financement alloué par Renzo pour le développement de Novela permit de rémunérer une avocate, une assistante sociale et un médecin qui, jusqu'ici, travaillaient en bénévoles. Novela recevait de plus en plus de femmes. Certaines en poussaient la porte, curieuses d'entendre ce qui se disait à propos de la condition féminine lors de rencontres animées par des personnalités dont la voix commençait à compter dans des débats où circulaient beaucoup d'idées nouvelles. Aux soirées de débats, on ajouta des rencontres où, entre les tables et à travers la fumée de cigarettes, on délimita un espace dans lequel certaines militantes repérées pour leur verve venaient amuser le public en décrivant des comportements stéréotypés qu'elles s'amusaient à ridiculiser. Certaines étaient plus drôles que d'autres, plus douées pour les formules assassines, plus à l'aise dans le contact avec le public. Leur sens de la dérision les avait aidées à se forger une petite notoriété qui, de soir en soir, attirait plus de monde. Ces spectacles d'humour poussaient l'assemblée à réagir et, derrière leur légèreté, constituaient autant de critiques d'un système conçu pour donner le beau rôle aux hommes. Ces hommes, souvent au centre des discussions, souvent raillés, étaient toujours absents du décor, ce qui amenèrent les responsables de Novela à se demander si, dans le fond, il ne valait pas mieux leur ouvrir la porte, leur faire une place et écouter ce qu'ils avaient à dire. Certaines étaient tout à fait pour, d'autres tout à fait contre, et lors d'une assemblée mémorable où l'on avait beaucoup crié et beaucoup tergiversé, la décision était tombée – les hommes n'entreraient pas chez Novela. Vera assista à quelques-unes de ces rencontres et, d'instinct, sentit que le courant passait avec ces féministes qu'elle regardait, admirative, comme des héroïnes. Même si elle ne comprenait pas toujours ce qu'elles disaient, elle savait qu'elles décrivaient la rage qui l'habitait depuis si longtemps et qui avait fait d'elle la personne qu'elle était. À celles qui se produisaient sur scène, elle donna quelques conseils pour mieux se tenir face à un public et mieux optimiser le rythme d'une représentation où tout avait de l'importance – le texte, mais aussi les silences, les ruptures de ton, la gestuelle et l'émotion. Si elle avait délégué toute une série de responsabilités à Anne-Marie qui avait fait de Novela son terrain de prédilection, elle acceptait presque toutes les missions de représentation qui permettaient d'augmenter la visibilité de l'association. Elle acceptait presque tout, à une seule condition – ne jamais être sollicitée pour prendre la parole. Les quelques contacts qu'elle avait gardés avec le milieu de la musique lui avait permis de faciliter les choses lorsqu'il fut question d'organiser une soirée de récoltes de fonds à laquelle furent conviées deux chanteuses connues pour leurs textes engagés et leur position marginale dans l'industrie du disque. Avant le début de ce fameux concert, qui allait marquer une étape importante dans la vie de Novela, Vera prit un certain plaisir à aller saluer les deux chanteuses qui partageaient une allure baba cool faite de pantalons en velours et de cols roulés. Elle se présenta à elles dans une veste couture dont la carrure était rehaussée de solides épaulettes qui donnaient à l'ensemble la forme d'un triangle renversé. Elle avait mis un peu de provocation vestimentaire dans cette rencontre avec ces deux artistes qui refusaient aussi les diktats de la mode, vue comme un champ d'aliénation du corps des femmes, mais elle avait été sincère lorsqu'elle leur avait dit combien elle appréciait leurs chansons qui, malgré l'impasse des radios refusant de les diffuser, avaient un impact sur ceux et celles qui les écoutaient. Le succès de la soirée conforta ses inspiratrices dans l'idée qu'il fallait en faire un rendez-vous annuel, ce qu'elle deviendrait par la suite, réactivant la question de la présence des hommes qui, au terme d'une réunion plutôt expéditive et plutôt en harmonie avec le sentiment du moment, fut réglée à l'unanimité. Les hommes pouvaient désormais assister aux concerts de Novela, même si malgré les demandes de certains managers, ils ne pouvaient toujours pas s'y produire. La programmation se vantait d'être exclusivement féminine avec, si l'on se fiait au slogan de l'affiche, « de sacrés bouts de nanas dedans ». Renzo refusait de s'y montrer, préférant laisser la lumière de cette réussite à Vera et à Anne-Marie qui avait contribué à faire du concert une fête dont l'ampleur et la notoriété n'avaient fait que grandir au cours des années. Beaucoup de jeunes lesbiennes s'y pressaient, attirées par l'ambiance amicale et le sex-appeal des chanteuses auxquelles elles s'identifiaient. Le pic de fréquentation fut atteint quand une star de la pop anglaise, arborant son célèbre mulet aux mèches décolorées, était venue chanter, provoquant l'hystérie des premiers rangs et un début de bagarre entre deux groupes de filles éméchées. Vera n'intervenait jamais dans l'organisation de la soirée. Elle aimait juste être tenue informée de la liste des talents pressentis pour se produire sur scène, même si l'événement pouvait désormais se passer de son intervention auprès des décideurs du show business. D'une oreille lointaine mais pas si distraite, elle continuait à suivre les tendances de la musique et restait attendrie par l'effort de ces garçons et de ces filles à vouloir tout donner à ce métier, consciente des sacrifices que cela devait leur coûter. Le soir du concert, elle mettait un point d'honneur à apparaître aux côtés d'Anne-Marie, grande ordonnatrice des réjouissances, et profitait de l'instant pour s'afficher avec des garçons qui, malheureusement pour eux, ne dépassaient jamais le stade de l'amant de passage. Vera était alors au summum de son élégance, aidée par une beauté qui faisait saliver les hommes en génuflexion devant sa stature de femme du monde. Parmi les commentateurs, plus personne ne cherchait vraiment à percer le mystère du couple qu'elle formait avec l'héritier des Di Pasquale, habitués qu'ils étaient de le voir parfois réuni, parfois dépareillé, parfois accompagné, défiant toutes les lois de la chronique mondaine. Renzo et Vera avaient le privilège de ceux qui, parce qu'ils ont la fortune de leur côté, font fi des rumeurs, indifférents au brouhaha des racontars que leur position se charge d'écraser avant qu'ils ne les atteignent. En privé, rattrapée par sa mauvaise éducation, elle disait qu'elle n'en avait rien à secouer de tous ces connards qui pouvaient raconter ce qu'ils voulaient. Mari et femme continuaient pourtant à être prudents, rodés à l'exercice du canular public, même s'il était déjà arrivé que Renzo et Helmut se fassent photographier sans elle. Tandis qu'elle passait d'un garçon à un autre, vite lassée de leur personnalité souvent transparente et de leurs exigences qui prouvaient leur candeur, il filait le parfait amour avec Helmut qu'il partait rejoindre pour ces odyssées nocturnes où se mélangeaient l'affection qui les liait et le sexe dont ils étaient toujours à la recherche. Vera avait été d'abord intriguée et puis habituée par cette manière qu'avaient Renzo et Helmut de vivre l'amour à deux tout en ouvrant leur lit à un troisième ou à un quatrième sans que cela ne provoque ni drame, ni jalousie, mais au contraire une multiplication des plaisirs. Chacun était d'accord pour partager le corps de l'autre et s'exposer aux décharges d'un désir poussé à son maximum. Le métier d'Helmut, directeur de banque à Munich, fascinait Vera. Elle le taquinait souvent en lui demandant de lui expliquer les mystères de la finance, elle qui rougissait devant tout ce qui comportait plus de trois chiffres. Un soir, elle lui raconta comment un instituteur, fatigué de lui apprendre sans succès la mécanique de la règle de trois, avait fini par la gifler. Penchée sur son cahier, elle avait essayé de résoudre le problème que lui soumettait le professeur, incapable d'y parvenir, poussant à bout la patience de l'adulte, elle avait relevé la tête qui avait valsé dans les airs sous l'effet d'une autre gifle, plus violente que la précédente. Sous les cris de l'homme, hors de contrôle, et sous le regard choqué de ses camarades de classe, Vera s'enfonçait dans le supplice. Moins elle comprenait, plus il la giflait. Et plus il la giflait, plus il ne comprenait pas pourquoi elle ne pleurait pas. Les joues rouges marquées par la trace des doigts du professeur, elle avait relevé la tête et tenté d'appeler à l'aide. Vera avait regardé autour d'elle et s'était fait une raison – il n'y avait personne.

Les chemises et les cravates

La nièce qui appelait ses deux enfants « mes cœurs » expliqua à Anne-Marie combien elle était heureuse depuis son divorce. Son ex-mari était, selon ses propres mots, un abruti qui exerçait le dur métier de maraîcher. Au moins, les petits mangeaient des légumes frais. C'était la seule chose qui la consolait lorsque, blessée mais forcée par la loi, elle était obligée de céder la garde de ses trésors à leur père qui les nourrissait sainement, contrairement à elle qui les gavait de pizzas et de feuilletés au jambon-fromage rapportés du boulot. Tout en essayant d'en savoir plus sur les amours d'Anne-Marie qui avait balayé la question d'un rire sonore, la nièce avait indiqué que sa sœur ferait bien, elle aussi, de se débarrasser de son mari – un homme instable dont le premier malheur qu'il lui avait apporté sur un plateau d'argent était celui de ne pas lui avoir fait d'enfant. L'aînée s'était fâchée, intimant à l'autre l'ordre de se taire. Elle avait haussé la voix pour dire qu'elle n'avait pas envie de voir son intimité étalée devant une étrangère. Elle avait dit qu'elle n'avait pas besoin qu'on la prenne en pitié. Aucunement impressionnée par les paroles de sa sœur et encore moins gênée par la présence d'Anne-Marie, la plus jeune avait relancé la dispute en expliquant que son mariage raté l'avait changée, son désespoir expliquant sans doute qu'elle trouve refuge dans la prière. Anne-Marie ne réussit pas à les calmer, la grande, le visage tiraillé par la colère, ramassa ses affaires et claqua la porte. « Bon débarras », avait crié la cadette qui s'empressa de préciser à Anne-Marie qu'elle pouvait parfois passer pour une excitée mais qu'elle ne pensait pas ce qu'elle venait de dire. Le silence s'installa dans la pièce, mais Anne-Marie le brisa, proposant à la nièce de partir maintenant pour rejoindre sa sœur si elle le voulait, lui faisant promettre de revenir le lendemain pour continuer à déplacer cette montagne de vêtements. Toutes ces robes dont elle avoua, pour la première fois, qu'elle voulait s'en débarrasser le plus rapidement possible tant elles remuaient la tristesse qui gisait au fond d'elle. La jeune femme dit qu'il n'était pas question qu'elle parte, qu'elle l'aiderait comme convenu à déménager la garde-robe de Vera et que sa sœur, qui s'emportait facilement et avec qui elle avait déjà eu dix fois cette discussion, ne lui en voudrait pas. Que c'était souvent comme ça entre elles, mais que ça finissait toujours par s'arranger. Elle dit qu'elle était navrée de savoir Anne-Marie si touchée par la mort de sa tante, qu'elle avait été sotte de ne pas avoir pu mesurer l'importance de leur amitié, qu'elle s'excusait d'avoir été maladroite et désinvolte face à son chagrin. Elle demanda de ne pas lui en vouloir, que ce n'était ni de la froideur, ni de la méchanceté, que souvent les gens se méprenaient, l'accusant d'être dure, alors qu'elle le reconnaissait elle-même, elle péchait par manque d'éducation. Cette tante semblait avoir assimilé toutes les bonnes manières du monde, ce qui ne l'impressionnait pas, venant d'un milieu où l'on apprend à se moquer et à se méfier de ceux qui font étalage de leur savoir-vivre. Elle n'arrivait pas à l'exprimer clairement, mais tout ce qu'elle savait c'est que cette tante était partie et les avait trahis. C'est ainsi qu'elle ressentait les choses depuis le début sans qu'elle eût jamais l'occasion de les exprimer, sauf à sa sœur qui lui avait rétorqué que sa réaction était ridicule et – c'étaient ses mots –, « un peu vieux jeu ». Anne-Marie leur servit un verre qui fut suivi d'un deuxième, et puis d'un troisième. Boire le ventre vide n'était pas la meilleure des solutions pour retrouver l'énergie nécessaire à leur entreprise, mais cela leur avait permis de se détendre et de rire, réduisant de quelques centimètres la distance qui les séparait, un pas de géant si l'on considérait la mauvaise volonté dont les deux avaient fait preuve jusque-là. Après avoir bu un dernière verre de vin, la nièce demanda l'autorisation de s'étendre dans l'une des deux chambres d'amis. Elle s'assoupit, le sourire aux lèvres, l'esprit traversé par l'idée que sa sœur avait raison quand elle disait qu'elle était brusque. Elle l'appellerait pour lui présenter ses excuses et lui dire qu'elle s'était trompée sur Anne-Marie, qu'elle n'était pas si guindée, ni si snob. Au contraire, quand elle se laissait aller, elle pouvait être d'une compagnie agréable. Elle se réveilla dans une chambre où régnait un désordre qu'elle n'avait pas remarqué en entrant. Le sol était jonché de boîtes en carton, certaines fermées à l'aide de ruban adhésif, d'autres encore ouvertes. Dans l'une d'elles, on trouvait une pile de vêtements masculins, pliés et empilés au hasard – des chemises, des chandails, des survêtements, des cravates et des écharpes. Tout sentait la poussière avec un fin relent d'eau de Cologne. En sortant les vêtements du carton, elle remarqua que les cols de chemises indiquaient deux tailles différentes. À Anne-Marie, elle demanda des explications sur ces vêtements dont elle pensait avoir deviné l'origine. Elle ne s'était pas trompée, il s'agissait bien de vieilles fringues ayant appartenu à Renzo, mais aussi à un autre homme qui s'appelait Helmut et qui avait été son amant. Anne-Marie savait qu'on pouvait passer sa vie avec un secret au bord des lèvres et s'en accommoder, mais elle venait d'apprendre que, parfois, il vous échappait sans qu'on ait eu le temps de le rattraper. Cela pouvait sûrement la heurter et elle n'avait pas besoin de l'accepter – son point de vue sur la chose n'intéressait personne –, mais elle devait savoir que sa tante avait épousé un homme qui aimait les hommes. « Il était à voile et à vapeur ? », questionna, les yeux grands ouverts, la nièce. « Non, mais pour faire simple, on va dire oui », lança la vieille amie qui riait et n'en revenait pas d'avoir aussi naturellement lâché la vérité. En dépliant une chemise, la nièce dit que la vie était pleine de surprises et qu'elle nous forçait parfois à être humbles devant nos certitudes. Devant ses bonnes paroles, Anne-Marie expliqua que la plus grande taille de chemise était celle d'Helmut, plus large d'épaules que Renzo. Quant au reste, elle ne savait plus exactement à qui avait appartenu quoi. Il s'agissait d'un reste égaré de la garde-robe des deux hommes dont l'essentiel – des costumes et des chemises coupés sur mesure chez de très bons tailleurs de Milan et de Londres – avait disparu depuis longtemps. Ces quelques habits du week-end étaient réapparus derrière les portes d'étagères barricadées par le temps et elle les destinait à un surplus. Mais si elle les trouvait encore portables et si l'une des deux tailles pouvait faire l'affaire, sa sœur pourrait les emporter et les donner à son mari. Ce à quoi la nièce avait répondu que, connaissant son aînée, elle aurait du mal à faire porter à quiconque, et encore moins à son époux, les vêtements de deux hommes qui avaient eu des rapports qu'elle considérait contre nature. Elles éclatèrent de rire et se moquèrent de l'absente et de ses croyances archaïques comme celle qui disait que l'homosexualité, comme la grippe, ça s'attrape. Les anciens vêtements d'Helmut étaient là pour témoigner des moments où il dormait ici, chez ce couple à trois qui ne baisait qu'à deux. Il avait cessé de venir, abandonnant derrière lui toutes les traces de ses passages, le jour où il était tombé malade et que sa maladie l'eut cloué dans une chambre d'hôpital dont on ne sut jamais si elle fut son dernier refuge. Le mal, qui ne se soignait pas et inspirait une peur revenue d'un autre temps, empirait de saison en saison, décharnant et défigurant Helmut que plus personne ne reconnaissait. La beauté de son visage était bafouée par le virus qui s'acharnait, comme s'il prenait du plaisir à rendre dégoûtant ce qui avait été resplendissant. Les formes fondues, les muscles mangés par la maladie et la peau parsemée de taches d'une laideur brunâtre, Helmut était torturé par la douleur et ne se sentait plus capable de la combattre. Plusieurs fois, Renzo voulut faire le voyage à Munich pour le voir, mais à chaque fois Vera et Anne-Marie l'en avaient dissuadé. Les visites n'étaient réservées qu'à certains membres de la famille qui n'étaient pas au courant de la vie cachée de ce fils robuste que tout le monde s'était étonné de voir aussi subitement perdre la santé. Pour l'entourage d'Helmut, Renzo n'était personne. Pourquoi aurait-il accepté la présence de quelqu'un qui n'existait pas dans le cercle intime de sa souffrance ? Cela n'avait aucun sens. Les épreuves qui touchaient une famille, et la douleur qu'elles leur faisaient vivre, ne méritaient pas qu'on en fasse le spectacle. Le tourment poussait tous les membres du clan à jouer un rôle qu'ils n'avaient jamais imaginé pouvoir jouer, contraints d'aller chercher au fond d'eux ce qu'ils pensaient ne pas trouver et qu'ils avaient quand même – le courage. Vera essaya de raisonner Renzo qui, pour calmer son chagrin, se rabattit sur le téléphone jusqu'au jour où il finit par apprendre que son amant avait été transféré dans une unité où les patients n'avaient pas le téléphone car ils n'en avaient plus besoin. La dernière fois, une femme – sa mère, sa sœur, une infirmière – lui répondit, demandant à qui elle avait l'honneur et précisant qu'Helmut était trop faible pour lui parler. Mais quand, à l'arrière-plan de la conversation, Renzo devina sa présence et l'entendit se plaindre, on finit par tendre le combiné à Helmut. Au grognement rauque qu'il émit, le cœur de Renzo s'était brisé. Il n'avait rien compris de ce que son compagnon essayait de lui dire, il avait juste saisi le moment où la plainte ânonnée avait muté en sanglots, ce qui avait poussé Renzo, à l'autre bout du fil, à le supplier – « Ne pleure pas » – alors que ses propres joues étaient mouillées par la peine de ceux qui se savent séparés à jamais. Agacée, la femme reprit le téléphone et demanda à Renzo d'avoir la gentillesse de ne plus appeler, que cela plaçait le patient dans un état de stress qui l'affaiblissait. Un laïus qui fit penser à Renzo qu'il s'agissait bien d'une infirmière dont on sentait toutefois qu'elle ne maîtrisait pas tout de ce mal nouveau qui défiait la médecine et déboussolait le personnel soignant. Il la remercia avant de raccrocher. Et puis, Vera comprit. Son mari avait commencé à développer les symptômes de la maladie qui se déclara rapidement. Fragilisé, sans force, Renzo avait essayé de rester debout, mais commença alors le ballet des allers-retours entre la maison et l'hôpital où, à son chevet, Vera tentait de lui rendre la vie plus agréable – sans succès, étant donné la hargne avec laquelle le virus s'attaquait à lui. Son physique et son moral se dégradaient à une telle vitesse qu'on se demandait qui pouvait mériter tant de cruauté. La joie de vivre de Renzo, ce don d'être heureux – tout ça vola en éclats dans le vacarme d'une existence qui tombe et se fracasse. De l'homme magnifique qui fut son mari, Vera s'efforça de retrouver les traits dans le visage émacié aux orbites creusées, affichant le regard effrayant de celui qui, chaque nuit, voit la mort approcher, lui parler et puis se retirer au matin venu. Par chance, les parents de Renzo, désormais installés en Suisse, ne firent pas le déplacement, évitant les explications des médecins sur la maladie dont ils avaient vaguement entendu parler sans imaginer une seconde qu'elle pût toucher leur fils. Il fit jurer à Vera et à Anne-Marie de ne jamais leur avouer à quoi il allait succomber, provoquant la tristesse des deux femmes qui n'avaient pas eu le cran de le contredire, certaines qu'il avait raison et qu'il allait mourir. Effrayés par son allure, les Di Pasquale vinrent le voir alors qu'il était alité à la maison. Renzo avait tout mis sur le compte à pas de chance et sur le dos d'un cancer généralisé – ce que naïvement ils avaient cru. Au pied du lit, dans un murmure qui tenait autant de la lamentation que du bourdonnement, sa mère implorait Dieu, mais elle n'avait réussi qu'à mettre à mal la patience de son époux qui, d'habitude si éteint, s'emporta en jurant qu'elle devait se taire car aucune prière n'avait jamais guéri aucun cancer. Vera supportait les choses grâce à un cocktail d'anxiolytiques qui, conjugués à l'alcool, faisait des merveilles. Sur le qui-vive, Anne-Marie la surveillait, inquiète de voir la situation dégénérer et ajouter de la bêtise au malheur. Les épisodes les plus durs restaient ces moments où Renzo était soigné à la maison et qui supposaient une organisation envahissante que sa mauvaise humeur ne facilitait pas. Cette impatience et ces agacements qu'on pouvait comprendre, de la part d'un homme qui avait perdu toute dignité, forcé à demander de l'aide pour tout. Pour tout nettoyer lorsqu'il avait souillé ses draps, pour tout essuyer lorsqu'il s'était vomi dessus, pour tout sécher lorsqu'à sa bave se mêlaient ses larmes. Les instants les plus affligeants voyaient Renzo perdu et déchiré par l'éloignement qui, du fin fond de son désastre, réclamait des nouvelles d'Helmut. Lui ici, Helmut là-bas, et tous les deux cherchant la sortie de secours de leur propre solitude, en train de faire l'inventaire des jours passés dans les bras l'un de l'autre. Et quand, dans leur délire, en quête d'une caresse, ils tendaient les mains, ils n'attrapaient rien. À tour de rôle, se faisant passer pour des connaissances concernées par le sort de leur ami, Vera et Anne-Marie firent tout pour réactiver la communication avec l'hôpital allemand où Helmut suivait son traitement. Aucun interlocuteur ne daigna les renseigner sur son état, à peine avaient-elles eu droit à une information délivrée par une responsable de service qui leur confirma qu'Helmut Doring était hospitalisé dans un département où les visites étaient limitées. Les deux femmes s'étaient empressées d'aller danser autour du lit de Renzo, chantant qu'Helmut était vivant et que, s'il existait une force compassionnelle guidant ce monde, il avait certainement ressenti les vibrations d'amour qu'elles lui avaient envoyées à travers la brève conversation qu'Anne-Marie avait eue avec cette cheffe d'étage. Cela valait bien qu'on trinque à l'ami et au sourire retrouvés, mais lorsque Vera porta le verre à ses lèvres, Renzo régurgita le champagne qu'il venait d'avaler. Son état se dégrada. Il avait été admis de nuit aux urgences, plongé dans une sorte de parenthèse comateuse entre veille et inconscience. Les jours passaient, le diagnostic était pessimiste, et les médecins, impuissants devant la chute vertigineuse de son état. Ils signalèrent à Vera qu'aucun remède ne fonctionnait plus, qu'il était inutile d'entrer dans une logique d'acharnement thérapeutique car on savait l'issue fatale. Laisser Renzo en soins palliatifs ne servait à rien, on avait atteint une limite après laquelle le patient allait entrer en phase terminale. Elle devait se préparer et avertir la famille. Les médecins préconisaient un retour au domicile, meilleur endroit selon eux pour installer – c'était leur terme – un confort d'accueil permettant de rendre son dernier souffle dans ce qu'on pouvait espérer être la sérénité. De retour à la maison, suivi par une aide-soignante aux gestes précis, Renzo reconnut la voix de sa mère qui priait à son côté, il lui sourit avant de fermer les yeux et replonger dans ce puits de douleur dont personne ne connaissait ni la profondeur, ni l'animosité. Car de sérénité, il n'y eut point. L'aide était omniprésente, mais Renzo souffrait, gémissait et résistait, déchirant le cœur de Vera et Anne-Marie qui n'en pouvaient plus de le voir ainsi malmené sur les versants d'un calvaire qui semblait ne pas avoir de fin. Pris dans un sursaut qui le poussa à relever la tête, Renzo grimaça, prononça le nom d'Helmut, murmura des mots mal articulés, incompréhensibles, comme s'il cherchait à mettre son agonie en contact avec celle de l'homme qu'il avait tant aimé et qui, dans le même état d'abandon, à des milliers de kilomètres, pensait peut-être à lui et à la beauté des choses qu'ils avaient partagées. Jour après jour, l'infirmière montrait des signes de découragement, elle savait que ses soins étaient vains, qu'ils n'arriveraient pas à freiner la dernière bataille qui se jouait dans le corps de Renzo. Elle était abattue car jamais elle n'avait assisté à une situation de fin de vie aussi tortionnaire, jamais elle n'avait vu une mort prendre autant de temps pour trouver son chemin et attiser ainsi le dégoût qu'elle pouvait inspirer. Vera et Anne-Marie finirent par alléger ses horaires, conscientes qu'elle ne servait plus à grand-chose. Les deux femmes s'entendirent pour abréger les souffrances de Renzo à qui Vera chuchota qu'elles allaient l'aider à partir. Le bref geignement qu'il avait alors émis signa son consentement. Grâce à certaines de ses connaissances, elle n'eut aucun mal à se procurer le produit dont la surdose arrêterait enfin les sévices endurés par celui qu'elle aimait tellement qu'elle voulait désormais le voir mourir. L'injection ne fut pas faite avec la plus grande délicatesse, Vera avait piqué dans ce qu'il restait de peau à Renzo, Anne-Marie prit le relais et appuya sur le piston de la seringue. Elles avaient décidé que l'instant ne serait pas triste et s'étaient installées dans le petit jardin d'hiver du rez-de-chaussée, buvant à la mémoire de Renzo, se remémorant la fête dans cet hôtel de Rio où il avait dansé sur un tube de Vera, proposant à la jeune femme de se laisser faire car, pour elle, il avait promis d'être un frère. Renzo était mort dans l'après-midi. Peut-être avait-il entendu au loin les rires de Vera et d'Anne-Marie qui, encouragées par l'alcool, s'étaient mises à fredonner les chansons du disque brésilien. Renzo était mort, et tout le monde était apaisé. L'état de délabrement de son corps était tel et son départ si attendu que personne ne posa de questions sur les conditions du décès, même pas ses parents qui ignoraient avoir vécu à côté d'un fils dont ils ne savaient pas qui il était vraiment. À l'office, Vera portait un simple tailleur noir que le contexte n'empêchait pas de rendre magnifique. Elle et Anne-Marie avaient eu une pensée pour Helmut dont elles n'ont jamais su où et quand il était mort.

Le cardigan en cachemire

La nièce fâchée était revenue vers Anne-Marie quelques jours après la dispute. Elle profita du va-et-vient dans le dressing pour lui présenter ses excuses et avouer qu'elle avait mal supporté le compte rendu que lui avait fait sa sœur de cet amour curieux entre Vera, Renzo et l'autre homme. Elle dit avoir fait des efforts pour écouter et essayer de comprendre ce qui liait ces trois êtres, mais que c'était au-dessus de ses forces. Elle essayait d'éviter le regard d'Anne-Marie, parlait tout en dépliant et repliant les vêtements qui continuaient à s'épancher des armoires pourtant déjà à moitié vidées. Au fil de la conversation, ses gestes la menèrent jusqu'à un long cardigan en cachemire beige dont la forme du col et le poids la surprirent. « Mais c'est léger comme une plume », avait-elle dit en passant ses bras dans les manches du gilet qu'elle sentait à peine sur ses épaules et dans lequel elle semblait se fondre tant la laine était liquoreuse. Anne-Marie sourit et lui dit qu'elle pouvait le garder si elle en avait envie, mais l'aînée des filles avait répondu qu'il était un peu étriqué lorsqu'elle le boutonnait – ce à quoi sa sœur lui rétorqua qu'elle n'avait qu'à le porter ouvert. Pour la rassurer, car à force de la côtoyer, elle avait fini par trouver la jeune femme touchante et attachante, Anne-Marie lui affirma qu'elle ne devait pas s'en faire avec cette histoire de couple bizarre, que Vera était au-dessus de ça et n'aurait jamais pris en compte son jugement. Le mariage de sa tante était en effet surprenant, il pouvait encore choquer – elle en était la preuve vivante –, elle était à même d'imaginer comment il avait dû être perçu à son époque, mais elle lui demanda de penser à tout ce qui pouvait se tramer derrière la façade d'un couple. L'histoire de Vera et Renzo était peut-être surprenante mais était-elle si unique ? Combien sont ceux qui, pour avoir la paix, acceptent de jouer le jeu des conventions tout en les détournant ? Combien sont-ils ceux qui vivent sans en référer à la liste des bonheurs autorisés ? Elle lui dit qu'elle était encore jeune, qu'elle n'avait pas encore beaucoup vécu et qu'elle n'avait encore rien vu de ce que les gens étaient capables de faire pour satisfaire leurs désirs secrets et gratter un peu de félicité. Pour ne pas ajouter à sa confusion, sa sœur et Anne-Marie s'étaient mises d'accord pour éviter d'aborder la question du sida – un peu comme quand on avait voulu protéger les parents de Renzo, à cette seule différence que les parents de Renzo étaient deux vieilles personnes à qui on avait caché la vérité trente ans auparavant. Anne-Marie pouvait tout supporter sauf d'entendre que Renzo était mort d'avoir péché. Visiblement, la modernité n'était pas passée par cette fille qui aurait gagné à se détendre. Contrairement à ce qu'en avait dit Anne-Marie, Vera lui en aurait voulu, mais pour être plus juste, elle s'en serait moquée comme on se moque de ceux qui pensent savoir et ne savent rien. Elle n'aurait jamais supporté dans sa maison cette nièce qui se promenait aujourd'hui dans l'un de ses précieux cardigans et qu'elle aurait gentiment remise à sa place avant de lui montrer la porte. L'esprit qui l'animait était tout ce que Vera avait passé sa vie à fuir et, arrivée à bon port, à haïr. Elle avait des mots très durs pour ceux et pour celles qui se laissaient berner par leur milieu familial, reproduisant à la lettre des séquences de vie qui, plutôt que d'ouvrir les espaces, les rétrécissaient, réduisant l'existence à une crise d'asphyxie entre quatre murs qui bougent lentement en se rapprochant. Ce qui séparait Vera et sa nièce prouvait bien que les liens du sang étaient faciles à effacer, qu'ils n'existaient que pour vous faire entrer de force dans une généalogie, une sorte de piège qui, de génération en génération, pourrissait la sève des familles avec la violence des prisons. C'est pour briser ce cercle si peu vertueux de l'hérédité, en souvenir du haut-le-cœur que lui avait inspiré l'exemple de ses parents, que Vera avait refusé d'avoir des enfants. Elle n'avait jamais accordé aucun intérêt aux propos des autres lorsqu'elles affirmaient qu'on n'était pas femme tant qu'on n'avait pas enfanté, qu'on était à moitié au monde tant qu'on n'avait pas fait surgir le miracle de la vie d'entre ses jambes. Plus que la maternité, elle chérissait son amitié avec Anne-Marie qu'elle plaçait au-dessus de tout. La seule idée de perdre Anne-Marie plongeait Vera dans une angoisse sans nom. Très tôt après la disparition de Renzo, elle avait commencé à plaisanter en disant qu'elle interdisait à son amie de mourir avant elle, qu'il était impératif qu'elle la précède car jamais elle ne supporterait de vieillir sans elle. Elle avait une peur bleue de finir seule en maison de retraite, elle disait qu'on y battait les vieux qui, sans défense et affamés, acceptaient les coups entre deux cuillerées de purée. Elle disait qu'elle ne voulait pas finir sa vie comme elle l'avait commencée – sous les gifles. Elle avait prévenu Anne-Marie qu'elle la suivrait de près si elle avait la mauvaise idée de partir avant elle, elle possédait suffisamment de médicaments pour se composer la mixture de la délivrance. Le mieux, riait-elle, c'était de continuer ensemble, main dans la main, et de crever à deux, complices du temps malfrat – un peu comme dans cette chanson oubliée de Françoise Hardy qui disait « J'aimerai autant ta vieillesse que j'ai aimé ta jeunesse ».

La fin difficile de Renzo éloigna Vera et Anne-Marie de leurs occupations habituelles. Vidées, désorientées et glacées par ce qu'elles avaient été capables de faire, elles eurent l'impression d'être seules sur Terre, de tourner le dos au monde et de n'avoir plus grand-chose à y faire. Les messages de soutien étaient venus de partout, elles y répondirent consciencieusement ; les invitations avaient continué à arriver, elles les refusèrent toutes. Tout avançait au ralenti, au rythme d'un deuil qui prenait son temps et les menait, sans explication, d'un souvenir à l'autre, dans un jeu de reconstruction dont elles ne contrôlaient pas les règles. Tout traînait, tout était apathique et la succession de Renzo, qui mettait à mal la patience de Vera, ne facilitait pas les choses. Sa belle-mère s'acharnait à vouloir lui racheter les parts des trois sociétés qu'il dirigeait. La seule chose à laquelle elle consentit fut la rupture du contrat fantôme qui liait Anne-Marie à l'une de ces sociétés. Privée de sa principale source de revenus – ce que lui rapportait son travail chez Novela étant purement symbolique –, elle accepta les termes d'un nouvel arrangement qui tenait plus de la parole donnée que de l'obligation professionnelle et se résumait à être payée pour tenir compagnie à Vera. Elle insista pour qu'Anne-Marie s'installe chez elle, prétendant que cela les aiderait à remettre en selle leur vie. Mais quand son amie lui dit qu'elle préférait garder son appartement, elle s'était vexée mais se tut. À plusieurs reprises, Anne-Marie, qui avait ce talent de mieux s'entendre avec la tristesse, fut tout de même obligée de dormir avec elle afin de traquer sa consommation d'alcool et de tranquillisants. C'est à cette période que Vera se laissa piéger dans le cercle concentrique des excès qui allaient l'amener à multiplier les malaises et les lavages d'estomac. Malgré les visites aux urgences, nécessaires lorsqu'elle basculait dans un état de détresse proche de la syncope, Vera ne se donnait jamais en spectacle. En public, elle pouvait boire, elle savait comment se comporter et ne montrait jamais aucun signe d'abattement. Chez elle, une fois la porte fermée, l'histoire était tout autre. Après la disparition de Renzo, Vera dormait tout l'après-midi, et quand elle était levée, elle passait ce qui restait de la journée à s'assommer, avalant ce qu'il fallait pour y arriver.

Quand le temps du deuil fut passé, deux ans s'étaient écoulés. Vera avait opéré un lent retour sur la scène publique. Mais le temps du deuil a ceci de particulier – il n'efface pas le manque, il nous apprend à lui trouver une place, quelque part entre nous et la vie. Le dialogue invisible qu'elle entretenait avec Renzo trouva un appui quand, lors d'un cocktail qui avait suivi le défilé d'un créateur en vogue, elle revit Hélène Tonquet, une vieille connaissance qui, après un séjour à Santa Fe, était devenue une adepte du New Age. Cet art de vivre préconisait une meilleure connaissance de soi par un ralentissement du rythme de l'existence, une alimentation plus saine et l'exploration de pratiques qui garantissaient leur efficacité en revendiquant leur dimension spirituelle et ancestrale. Hélène entraîna Vera au cours de yoga et de méditation, mais sans grand succès. La nouvelle recrue n'était pas assez régulière et n'avait rien ressenti de tout le bien-être qu'un peu plus de sérieux lui aurait permis d'atteindre. En revanche, elle était éblouie par la connaissance du tarot dont Hélène faisait preuve et plus émue encore par les séances de spiritisme baptisées *channeling* qui permettaient d'entrer en contact avec l'esprit des morts. Les deux tentatives pour capter des signes de Renzo venus de l'au-delà s'étaient pourtant soldées par deux échecs. Hélène n'avait pas été surprise et, avec le sourire bienveillant de celle qui veut aider son prochain, avait expliqué le ratage de l'expérience en pointant les nœuds qui freinaient Vera sur le chemin de l'accomplissement de soi. En un mot, Vera n'était pas prête. Anne-Marie ne daigna jamais l'accompagner dans ces nouvelles aventures de gymnastique et de voyance qu'elle qualifiait de « trucs de bonnes femmes qui s'emmerdent ». Mais elle fut bien obligée d'accepter de faire la route avec elle quand Hélène lui tira les cartes et vit une maison, disait-elle, qui pleurait. En interrogeant un peu plus le jeu, elle conclut que Vera ferait un déplacement qui la mènerait vers son passé. Sans savoir qui elle avait décidé d'écouter – les cartes qui auraient deviné son désir inconscient ou elle, qui voulait leur donner raison –, Vera fit part de son intention de retourner au village à Anne-Marie qui trouva l'idée insensée. Qu'est-ce qu'Hélène, cette bourgeoise à la mode, avait bien pu lui fourrer dans la tête pour qu'elle se sente prête à faire ce qu'elle n'avait jamais voulu faire – regarder en arrière ? Anne-Marie eut beau trouver le projet irréfléchi, peut-être même dangereux, Vera n'en démordait pas. Elle voulait aller voir le village. Anne-Marie rétorquait qu'elle ne comprenait pas pourquoi elle devait s'infliger une épreuve là où il n'y avait qu'un mauvais souvenir. C'était une épreuve ou plutôt une lubie qui leur ferait perdre du temps et ne déboucherait sur rien – sauf peut-être sur l'envie de se soûler. Elles ne s'en rendaient pas compte, mais les deux amies se parlaient dorénavant comme si elles formaient un vieux couple avec ce que cela supposait de manies, de tics, d'habitudes et de tendresse. En plaisantant, Anne-Marie dit qu'elle préférait y aller un jour de beau temps car il vaut mieux avoir la lumière de son côté quand on a rendez-vous avec son enfance dans un endroit connu pour ne pas être le paradis. Elles attendirent donc le retour du printemps pour faire le trajet jusqu'au village. Anne-Marie conduisait, la radio enchaînait les chansons du Top 50 et les encourageait à reprendre à tue-tête « Qui arrête les colombes en plein vol. À deux, au ras du sol. Une femme avec une femme ». Elles roulèrent sans s'arrêter avant d'atteindre le bled dont l'apparition jeta immédiatement un voile sur leur bonne humeur. Vera baissa le volume de la radio en redécouvrant l'étroitesse du lieu qui se résumait à deux rues dont une qui ne menait nulle part, ce qui l'avait décidée à prendre l'autre. Son cœur battait plus vite. À droite, il y avait l'église noircie des poussières de charbon et inconsolable de n'avoir jamais été nettoyée – cette maison de Dieu qui, contrevenant à l'une de ses principales missions, lui avait fermé ses portes sous prétexte qu'elle n'avait pas suivi l'enseignement requis pour y être accueillie. À gauche, en suivant un chemin cabossé, il y avait le cimetière avec, dans sa première partie, les tombes mal entretenues et plus tout à fait droites de ceux tombés à la guerre et, dans la seconde, les sépultures plus bichonnées de ceux morts à la mine. Surpeuplées, les deux zones prouvaient que le village avait payé son dû à la patrie et à la société d'exploitation houillère. Et quand on s'attardait sur l'âge des mineurs décédés, on pouvait se demander si leur statut de bêtes de somme leur avait donné le droit d'être bien soignés ou, au contraire, celui d'être traités par des médecins pressés, jugeant que leur existence ne valait qu'une demi-vie. Ponctuant l'horizon, il y avait les terrils, volcans éteints d'une industrie morte, cimes desséchées d'un panorama dessiné par les restes et les gravats d'une activité dont le fracas s'était tu depuis longtemps. En avançant dans la rue principale, Vera demanda à Anne-Marie de ralentir pour s'apercevoir que la mercerie de Madame Marthe n'existait plus, qu'elle avait été remplacée par un vidéo-club. Au bout, on trouvait la petite gare où, visiblement, les trains avaient cessé de passer. Ses deux voies et ses deux quais étaient envahis par les mauvaises herbes où dormaient des seringues usagées. L'école était toujours debout. Vera pointa une fenêtre au premier étage, presque fière, mais en tout cas très excitée à l'idée de montrer à son amie la classe où elle avait appris à coudre. La façade de l'établissement annonçait qu'il avait été rebaptisé du nom d'un médecin qui, devenu maire, s'était investi sans compter dans le développement du bien-être de ses administrés. On lui devait la construction de la piscine municipale, un long rectangle fait de parpaings derrière lequel les jeunes venaient fumer et flirter. Il était aussi à l'origine de l'installation d'un parc dont la pelouse tranchait sur le gris du paysage et recouvrait ce qui avait été un terrain vague où les enfants, jadis, jouaient entre les immondices et les orties. Anne-Marie plaisanta en affirmant qu'elles étaient tombées dans un village fantôme. Depuis leur arrivée, alors que le ciel était radieux, elles avaient vu une femme sortir de chez elle et entrer dans la maison voisine, deux garçons en survêtement scruter la vitrine du vidéo-club et un groupe de six ou sept hommes adossés contre le mur d'un café qui s'appelait Le Foxy et n'existait pas du temps de Vera. Frappés de voir passer une berline si luxueuse, les hommes avaient suivi du regard la voiture qui avançait au pas. Ses passagères avaient explosé de rire, conscientes qu'elles avaient pensé la même chose au même moment – aller prendre un verre au Foxy maintenant n'était pas une bonne idée, même si, en souvenir des mauvais jours, et en dépit de ces types qui n'y étaient pour rien, l'envie de Vera d'y lancer une grenade était bien là. Quand Anne-Marie demanda où se trouvait sa maison, Vera dit qu'elles y étaient presque mais que l'excursion avait assez duré. Elle sortit une plaquette de son sac et avala un cachet. Son amie insista, contrariée d'avoir fait tout ce chemin sans qu'il puisse les mener devant chez elle. Après être passées devant la gare, Vera lui dit de tourner à droite. Elles débouchèrent à l'entrée d'une cité dont les maisons grandes comme des boîtes d'allumettes formaient un cercle au centre duquel trônait un talus sur lequel on avait oublié de semer de l'herbe. « Il y avait une Sainte Vierge, là », murmura Vera, un peu déçue. Certaines maisons avaient leur porte mangée par la vermoulure, d'autres la couleur de leurs châssis écaillés, mais d'autres encore conservaient un reste de coquetterie. Celle où avait grandi Vera présentait un rebord de fenêtre décoré d'une vasque fleurie qui tentait de faire ce qu'elle pouvait pour donner un peu de joie à l'endroit. La jardinière avait mis la puce à l'oreille de Vera qui, soulagée, s'était exclamée que ses parents n'habitaient plus là. Elle en était sûre et certaine car elle avait vécu dans une famille où on n'achetait pas de fleurs. Les seules fleurs qu'elle avait connues étaient en plastique et formaient un bouquet rachitique dans un vase en grès turquoise posé sur le poste de télévision. Légèrement tassée sur le siège passager, Vera se redressa, lorgnant la maison avec un sourire amical. « Tu vois, c'était ça, mon cachot. Bien sûr, il y avait une porte et une fenêtre, mais il a fallu tout forcer », murmura-t-elle à Anne-Marie. Ici vivaient ceux et celles qui ne s'en plaignaient pas. « Tu comprends pourquoi je passais pour un scandale dans cette rue », ajouta-t-elle, songeant que la chose la plus scandaleuse qu'elle trimballait aujourd'hui était son cardigan en cachemire dont le prix équivalait à plusieurs mois de salaire du plus riche de la cité. Pour elle, ce n'était qu'un simple chandail beige au col châle, un vêtement confort que l'on pouvait porter en toutes circonstances. Pour le commun des mortels, ce n'était qu'un tricot. Pourtant, il suffisait de le regarder ou de tendre les doigts vers la qualité suave de son fil pour comprendre qu'il s'agissait d'un habit qui séparait les uns des autres – ceux qui pouvaient se l'acheter et ceux qui ne savaient même pas où il était en vente. Vera affirmait que l'allure, ce n'était quand même pas si compliqué. Souvent, elle disait : « Il faut vraiment être conne pour être moche avec un Levi's, un tee-shirt blanc et un petit cachemire. » Stationnée en face de la maison, la voiture finit par attirer l'attention de ceux qui l'habitaient. La porte s'ouvrit lentement et laissa apparaître une jeune femme que Vera ne reconnaissait pas. « Vous cherchez quelqu'un ? », cria la femme. Vera baissa sa vitre et répondit qu'elles s'excusaient de cette intrusion, qu'elles voulaient savoir si elle connaissait les locataires qui avaient habité la maison avant elle. Elle répondit que non, que les lieux étaient vides quand elle avait emménagé. Vera demanda si, par hasard, elle savait ce que les gens d'avant étaient devenus. L'inconnue dit qu'elle n'en savait rien. « Dommage », susurra Vera avant de la remercier. La rue, qui avait perdu quelques bandes d'asphalte, était si étroite qu'elle avait empêché Anne-Marie de manœuvrer pour faire demi-tour. Il avait fallu continuer droit devant, abandonnant sur le seuil de sa porte la jeune femme, rejointe par une gamine qui, accrochée à ses jupes, avait regardé la berline démarrer. Au bout de la rue, la sortie de la cité débouchait sur un terre-plein qui donnait sur une demeure protégée par des grilles. Entourée d'arbres, une demeure dont le volume et le caractère juraient dans le décor. C'était la maison d'un ingénieur des mines, Vera y était allée une fois, invitée à l'anniversaire de sa fille qui ne fréquentait pourtant pas les enfants de la cité. Elle se souvenait très bien du cadeau qu'elle avait apporté – une boîte de trois petits mouchoirs que sa mère avait d'abord refusé d'acheter, objectant qu'on n'offrait pas de mouchoirs car ça portait malheur. Mais Vera avait insisté pour offrir ce présent à cette gamine de riches qui, si sa mère disait vrai, la comblerait d'aise en se brisant une jambe d'ici la fin de l'année. En repassant devant Le Foxy, Anne-Marie donna deux coups de klaxon, provoquant l'hilarité de Vera et une totale indifférence du trottoir où plus personne ne traînait. Sur le chemin du retour, elles essayèrent de se rincer la tête en riant et en chantant, Vera avouant à Anne-Marie qu'elle avait raison, que les passe-temps d'Hélène Tonquet n'étaient que balivernes et qu'il était temps qu'elle cesse de la fréquenter – ce qu'elle fit intelligemment, en mettant toujours un peu plus de temps entre chacun de leurs rendez-vous, jusqu'à ce qu'elles n'en prennent plus.

La longue robe asymétrique

Les nièces furent surprises d'apprendre qu'Anne-Marie avait visité le village. Visiter était un bien grand mot, rétorqua l'amie de leur tante. « L'expédition a duré en tout et pour tout une demi-heure, et je ne sais toujours pas pourquoi on y est allées, mais on y est allées », avait-elle ajouté, indiquant que, grâce au ciel, elles n'avaient croisé personne de leur famille et ne s'étaient donc pas fourvoyées dans une situation qui aurait pu être navrante. À l'époque de leur escapade, les nièces devaient être petites, mais celle qui croyait en Dieu ne comprenait pas pourquoi Vera détestait autant ses parents qui, sans être des modèles d'affection, étaient loin d'être des monstres. Ce n'étaient quand même pas quelques baffes reçues durant son enfance – comme n'importe quel autre enfant en avait sans doute reçues – qui lui avaient gâché la vie, au point de haïr son père et sa mère. L'autre sœur confirma ses paroles – leurs grands-parents étaient des gens normaux. Des gens simples, certes, qui ne savaient pas très bien comment exprimer leurs sentiments et n'avaient pas appris à être délicats, mais elle ne les avait jamais vus lever la main sur quiconque. De là où elles venaient, tout le monde était maladroit. Là-bas on n'avait pas toujours les bonnes manières et on pouvait être rudes, mais ce n'était pas pire qu'ailleurs. Anne-Marie les écoutait et se taisait. Les nièces furent catégoriques, leur père, un ouvrier honnête, n'avait jamais été violent. Il leur avait inculqué le sens du travail et de la décence. Exemplaire, c'est ainsi que l'avait qualifié son chef d'atelier lorsqu'il avait pris la parole pour lui rendre hommage lors de la cérémonie de ses funérailles qui avait bouleversé le village. Un matin en quittant l'usine, après avoir travaillé de nuit, il avait repris sa voiture et s'était assoupi au volant. Sa tête était tombée vers l'avant. Réveillé en sursaut par l'avertisseur du camion qui venait en sens inverse, il avait eu le temps de braquer pour l'éviter mais avait foncé droit sur le mur d'un hangar où la voiture s'était écrasée. Le choc avait pulvérisé la carrosserie en un amas d'acier d'où on avait dû désincarcérer son corps, sans vie et comme cassé en deux. Le tout s'était joué en quatre secondes. Ses parents ne s'en étaient jamais remis. Le père, qui n'était déjà pas très bavard, avait perdu la parole, s'était laissé envahir par le chagrin et n'avait plus jamais rien fait pour reprendre contact avec l'existence. Il s'était égaré dans une dépression que personne n'avait identifiée et que personne n'avait donc songé à soigner. Pour le médecin du coin, qui n'en connaissait même pas les symptômes, la dépression était une forme masquée de fainéantise à laquelle on pouvait remédier par quelques coups de pied au cul. Le père avait perdu toutes ses forces et contracté un cancer qui l'avait emporté en six mois. Son épouse, qui avait plus pleuré la perte de son fils que le départ de sa fille, n'avait pas supporté cette nouvelle catastrophe. À son tour, elle s'était laissée dépérir en une triste dérive qui ressemblait à un long suicide exhibé en pénitence. Sur son lit de mort, au bout de sa peine, elle avait prononcé le nom de Vera mais personne ne l'avait entendue.

Anne-Marie prit la défense de Vera qui avait renié ses parents mais finit par faire la paix avec son passé lorsqu'elle accepta de participer à un documentaire qui remontait à ses origines et qui contenait des images du village où vivaient toujours les deux nièces. Elles eurent du mal à la croire. Anne-Marie leur montra une série de photos extraites du film – principalement des gros plans de Vera – et d'autres prises lors de la première où on voyait leur tante dans un ensemble veste-pantalon aux bras d'un homme au crâne dégarni. Elles avaient ri, pointant successivement le vêtement qui n'avait pas de manches et le type qui n'avait plus de cheveux. Cette parente était décidément une excentrique qui n'arrêtait pas de les étonner. Tout en poursuivant leur tâche, l'une des sœurs dit qu'elle était curieuse de voir ce film, intriguée de savoir ce qu'il montrait du village. Anne-Marie répondit qu'elle devrait facilement retrouver le DVD de ce documentaire qui avait connu un grand succès en salles, même si les nièces n'en avaient jamais entendu parler. Sans plus vraiment être surprises de ce qu'elles découvraient dans les penderies de Vera, elles mirent la main sur une sensationnelle longue robe asymétrique dont l'effet d'optique était créé par un plissé qui, de haut en bas, lui donnait des allures d'objet d'art. Le travail sur la matière et les couleurs – un jacquard de polyester gris qui virait au noir lorsqu'il bougeait – prouvait qu'on était en présence d'un vêtement d'un haut degré de technicité qui, une fois porté, offrait une image graphique des plus prodigieuses. Sur le devant de la robe était épinglée une coupure de presse – quatre pages de magazine illustrées par des photos où l'on voyait Vera dans ce fabuleux vêtement qui, selon les poses, semblait vibrer et faire des vagues. Anne-Marie avait oublié cette interview que Vera avait donnée à un hebdomadaire féminin, à propos de son engagement dans la lutte contre le sida, mais aussi sur son passé de chanteuse. Durant ces longs mois où elle s'était retirée du monde, après avoir beaucoup bu et beaucoup dormi, Vera s'était informée et avait passé des heures à discuter avec Anne-Marie sur la meilleure façon de faire quelque chose de sa tristesse. Elles en étaient arrivées à la conclusion que donner de l'argent à des associations c'était aussi donner un sens à la disparition de Renzo et Helmut – mais aussi de tous ceux qu'elles n'avaient pas connus qui, au comble de l'horreur, étaient morts jeunes, tombés sous les balles d'un tireur invisible qui visait au hasard, comme pour prévenir que la fête était finie. Si Renzo et Helmut, trop occupés à être heureux, n'avaient rien vu venir du danger et étaient restés sourds aux premiers signaux d'alarme – beaux et riches comme ils l'étaient, ils se croyaient sans doute protégés de tout –, Vera avait donc commencé à financer deux associations. La première en lien direct avec la recherche et l'autre qui travaillait sur le terrain de l'aide aux malades dont l'isolement moral et la précarité économique s'additionnaient souvent à la lourdeur des traitements et à la perte d'autonomie. Lors d'une réunion où elle fit connaissance avec les responsables de la deuxième association, elle avait précisé qu'elle n'y entendait rien en politique d'assistance, qu'elle faisait confiance aux professionnels, mais elle s'était permise d'insister sur l'idée que l'aide qu'elle voulait apporter devait servir à des projets très concrets et au plus près du quotidien des malades. Son vœu était que chaque patient isolé soit visité au jour le jour pour qu'il ne manque de rien – nourriture, médicaments, soins. On lui avait expliqué que c'était déjà ce genre de programmes que le collectif tentait d'appliquer mais que la pénurie de bénévoles perturbait la bonne organisation de ces visites à domicile. « Alors, il faudra envisager d'engager du personnel », avait-elle répondu. Les contacts qu'elle avait noués avec les dirigeants des associations lui avaient permis de faire des rencontres surprenantes et de croiser des filles et des garçons qui, d'abord gênés, avaient fini par avouer qu'ils étaient fans de *Vera chante le Brésil* et de *Nightclub*. Toujours un peu désarçonnée à l'idée de se faire rattraper par ces deux disques, Vera était ravie de découvrir ce nouveau public où – c'était plus rare et encore plus invraisemblable – on dénombrait quelques irrécupérables mais authentiques admirateurs de ses premiers disques de variétés. L'article épinglé sur la robe revenait évidemment sur la genèse de ses albums cultes que la journaliste qualifiait de « balises de style dans le paysage français ». Le papier évoquait le disque brésilien qui, décidément, relevait de la monomanie et rapportait les paroles de Vera : « J'aurais préféré qu'il connaisse le succès au moment de sa sortie, mais je m'estime heureuse, il aurait pu être redécouvert après ma mort. » À propos de son enregistrement, elle avait raconté les beaux jours de sa jeunesse, précisant que l'élaboration de ce disque avait correspondu à une période heureuse de sa vie. Le voyage à Rio, les sessions avec les musiciens brésiliens, la collaboration avec Anne-Marie Franiele et Breno Fores – tout ça avait débouché sur un moment exquis où rien ne lui avait paru difficile. Pour couronner le tout, le disque brésilien restait un repère très important dans sa vie puisqu'il lui avait permis de rencontrer son mari, l'homme en l'honneur de qui elle se battait aujourd'hui. De cet investissement auprès des associations de défense des droits des malades et des séropositifs, elle avait dit dans l'entretien qu'il n'était « pas prévu au programme ». Elle avait clarifié sa pensée et expliqué qu'elle venait d'un milieu très modeste, qu'elle s'était débrouillée avec les moyens du bord pour essayer de vivre des choses plus belles que celles, écrites d'avance, auxquelles elle était promise. Elle avait dit qu'elle avait fait des efforts mais qu'elle avait été aidée, qu'elle avait une dette envers beaucoup de gens, mais que la première personne à qui elle devait quelque chose, c'était elle. Durant l'entretien, elle s'était amusée à faire sauter quelques tabous et souligné que l'argent qu'elle possédait n'était pas tout à fait le sien, il venait de la fortune que lui avait laissée son époux. Elle avait lancé : « Mais être riche pour être riche ne m'intéresse pas. Alors, j'ai décidé de mettre une partie de cet argent au service d'une cause que la mort de mon mari a rapprochée de moi. » Elle s'était définie comme une femme « pas très politique mais un peu forcée de l'être », rebondissant sur l'inertie ambiante qui abandonnait à leur sort des malades qui dérangeaient le système.

Dans la situation du moment, il lui semblait que n'importe quel geste posé pour aider ces malades devenait un geste politique. Elle s'était attardée sur le manque d'informations qui tuait et avait conclu la rencontre par ces mots qui, une fois encore, justifiaient son engagement : « Mon mari, qui était un homme éduqué dans un milieu très privilégié, n'était pas informé. Il en est mort. Pour moi, ne rien faire, ce serait le faire mourir une seconde fois. » Même si les parents de Renzo avaient fini par apprendre que leur fils avait probablement succombé au virus, elle avait laissé planer le doute sur la manière dont il l'avait contracté. Même si certains faisaient courir la rumeur, elle était restée totalement muette sur la double vie de Renzo. L'interview avait été suivie d'un shooting préparé par un styliste qui voulait lui faire porter des vêtements empruntés à plusieurs maisons – ce qu'elle avait refusé, objectant qu'elle ne voulait voir aucune mention de marques dans les légendes des photos qui illustreraient la parution. Elle avait accepté de se faire maquiller et coiffer, mais avait posé dans une tenue personnelle – une robe fluide, plissée et irisée qui, déployée, ressemblait à la voile d'un bateau. Sa beauté avait suffi à consoler le styliste qui l'avait trouvée « faramineuse ».

À la publication de l'article, Vera avait accepté d'assister à un débat organisé par une grande chaîne de télévision. Elle s'en était servie pour mettre les choses au point, affirmer qu'elle n'était pas une militante, que sa parole n'était pas articulée sur un propos intellectuel, qu'elle n'était qu'une donatrice. Une femme fortunée qui agissait sans pour autant être gênée de confier que son action était guidée par l'indignation. Durant l'émission, elle avait été apostrophée par un jeune homme très énervé par ce qu'il appelait « l'atmosphère mortifère de ce pays » et qui l'accusait de se forger une image de bienfaitrice sur le dos d'une communauté de malades qui attendaient autre chose que de la pitié. Il avait sous-entendu qu'elle profitait de l'épidémie pour se refaire une notoriété. Vera ne s'était pas laissé démonter et, très calmement, avait répliqué qu'il pouvait douter de la sincérité de sa démarche, mais qu'il n'avait pas le monopole de la colère et qu'elle n'acceptait pas de l'entendre insulter sa peine. Elle avait enchaîné en disant qu'il ne pouvait pas remettre en question le chagrin que lui avait causé la mort de son époux. Elle rappela qu'à l'origine de son action, il y avait quand même l'expérience de la maladie et les images d'une fin de vie difficile qu'elle s'abstiendrait de décrire. Elle avait poursuivi avant de lui clouer le bec : « De toute façon, ne soyez pas hypocrite, ce que vous pointez, ce n'est pas ma démarche, c'est mon statut de privilégiée. Vous me reprochez de donner de l'argent à cette cause parce que j'en ai beaucoup, mais si je n'en donnais pas, vous me le reprocheriez tout autant. Alors, entre vos deux reproches, j'ai choisi celui qui donne le plus de sens à ma vie. » Dans la lumière aveuglante du plateau de télévision, sa première armure était cette stupéfiante veste couture en cuir noir dont les revers étaient constellés de clous en cristaux transparents. Après ce débat, elle s'en tint à ce qu'elle avait prévu – ne plus parler. Elle refusa toutes les sollicitations de la presse et n'accepta que de très rares invitations pour des événements montés afin de récolter des fonds. Elle avait même refusé de se rendre à la première de *Philadelphia*, le film de Jonathan Demme présenté comme la grande production d'un studio hollywoodien mettant en scène la vie d'un malade interprété par Tom Hanks. Elle avait vu le film lors d'une projection privée et avait dit à Anne-Marie qu'elle avait assez chialé en voyant la fin de l'histoire. Elle ne voulait pas remettre ça devant un parterre d'invités qui, c'était perdu d'avance, sortiraient de la salle les yeux rougis et le make-up ruiné. Elle avait trouvé le personnage de la mère de Tom Hanks, joué par Joanne Woodward, absolument renversant dans la manière qu'elle avait de poser ses yeux sur son fils. L'actrice n'avait pas grand-chose à faire, mais elle faisait tout avec deux regards et un sourire. Le résultat était grandiose et avait donné la chair de poule à Vera qui s'était rappelé une chose – personne dans sa famille ne l'avait jamais regardée avec ces yeux-là. Pour rire, elle avait dit qu'elle voulait bien se rendre à cette soirée si on la présentait à Bruce Springsteen qui avait signé la chanson du générique du film – une ballade qu'elle trouvait très belle et qu'elle n'arrêtait pas de fredonner. On lui avait répondu – comme si elle ne s'en doutait pas – que le chanteur ne ferait pas le déplacement, mais qu'elle pourrait en revanche être introduite auprès d'Antonio Banderas, la vedette européenne du film. Quand elle avait vu le résumé de la soirée à la télé, ses grappes d'hommes politiques qui se pressaient devant les caméras, elle s'était dit qu'elle avait bien fait de rester à la maison avec ses trois meilleurs amis – sa bouteille de champagne, son tube de tranquillisants et sa chère Anne-Marie.

La cape en zibeline

Venue d'en bas avec rien dans les mains, Vera n'avait pas été généreuse que sur le terrain de la philanthropie, elle l'avait été aussi avec les gens qu'elle aimait. Même si elle avait cessé de financer Novela qui, avec le temps, s'était désintégrée, elle avait continué à donner de l'argent aux associations d'aide aux malades du sida, et elle dépensait sans compter pour emmener en voyage les amants qu'elle collectionnait comme d'autres collectionnent les coquillages – en les écoutant d'une oreille distraite. Il y en eut beaucoup, de tous les âges, de toutes les nationalités et de tous les milieux, avec qui elle s'affichait dans une sorte de joyeuse cohorte dont le défilé faisait beaucoup jaser et qui, pour cette raison précise, la divertissait. Elle s'était depuis longtemps entraînée à assumer toutes les insultes qu'elle avait essuyées avec la même indifférence, hier chez les pauvres bougres de son village et aujourd'hui chez les riches bourgeois, curieuse tout de même de savoir qui, des uns et des autres, étaient les plus salauds. La liste de ses amants était longue, mais il y en avait qui avaient compté sans pour autant qu'elle en tombe amoureuse. Sur ce point, elle avait rejoint Anne-Marie – Vera ne tombait plus amoureuse et elle s'en portait très bien, comme délestée d'un poids dont elle ne voulait plus s'encombrer. Il y avait eu Bob Reeland, un metteur en scène anglais avec qui elle passa quelques mois à Londres, le temps de mettre en scène *Shoot Them All*, une comédie musicale sur le thème des tueries de masse qu'elle avait adorée et qui lui avait permis de découvrir l'art des Anglo-Saxons à monter des spectacles chantés sur tout et n'importe quoi. Elle avait été particulièrement marquée par le tableau final du spectacle qui prenait place dans un décor de centre commercial et durant lequel l'acteur qui jouait le tueur chantait pendant qu'il tirait à bout portant sur la foule. À la fin, il se dressait seul, face au public, brandissant son fusil d'assaut, le reste de la troupe – une vingtaine de comédiens et de comédiennes – gisant au sol. Le show se terminait sur le visage de l'assassin qui, après avoir achevé une victime qui bougeait encore, retournait l'arme contre lui, s'enfonçait le canon en bouche et tirait. Elle aimait bien cette fausse candeur que Bob utilisait pour explorer un sujet aussi dérangeant, elle l'avait encouragé à poursuivre dans cette voix et l'avait aidé à produire *Name X*, un spectacle beaucoup plus ambitieux qui croisait plusieurs destins de personnages nés de parents inconnus. Elle l'avait moins apprécié, jugeant les chansons plus larmoyantes que celles de *Shoot Them All* dont elle aimait reprendre certaines à son compte, obsédée par celle qui disait « I hear voices in my brain. They telling me you're vain. I hear voices in my brain.

I'm gonna find myself a mall. And shoot them all ». Bob et Vera vécurent ensemble sans vraiment vivre ensemble le temps de ces deux spectacles à gros budget. Et puis, les choses s'étaient effilochées sans que personne ne s'en offense ou ne s'en attriste. Après d'autres aventures sans lendemain qui la guidaient, le temps d'une nuit, dans des appartements à la limite du squat ou dans des lofts surdimensionnés, elle était passée sans état d'âme dans les bras de Walt De Brecht, un photographe hollandais dont le style trash avait la cote dans les magazines de mode. Elle était si magnétisée par la beauté de son travail qu'elle avait demandé à Walt de la photographier dans l'une de ces mises en scène qui avaient fait sa griffe. Après s'être un peu fait prier car monsieur ne travaillait pas sur commande, convaincu par la somme que Vera lui proposait, il s'était exécuté et le résultat était à la hauteur de ses espérances – étonnant, envoûtant et, pour certains, choquant. Sur les photos, Vera posait dans une courte nuisette relevée sur les cuisses, étendue sur un matelas posé à même le sol dans une pièce dont les murs étaient recouverts d'un papier peint tombant en lambeaux. On pouvait sentir le lourd parfum de moisi du décor qui contrastait avec la fragilité et la grâce du modèle dont le regard mendiait pour être caressé. La série, qui selon le vœu de Vera n'avait été publiée nulle part, était si forte qu'un an après sa réalisation, De Brecht voulut l'introduire dans une première rétrospective qui lui était consacrée. Vera refusa de donner son accord, rappelant à son compagnon que les photos avaient été prises dans un cadre privé, qu'ils s'étaient toujours entendus sur ce principe de discrétion, et qu'il était donc hors de question qu'elles soient montrées. La discussion avait viré à la dispute, la dispute à la rupture. Des mois plus tard, De Brecht avait produit de nouveaux tirages des clichés qu'il avait ajoutés à l'exposition sans la prévenir. Malgré la présence de mannequins et de personnalités beaucoup plus célèbres, la presse se focalisa sur les images exhibant Vera – des photos qui avaient inspiré des commentaires très déplaisants autour de son âge qui, comme le disait un journaliste, « n'avait rien abîmé de ses charmes ». Vera envoya un message à Walt, assurant qu'elle ne lui ferait pas de procès mais qu'il avait intérêt à s'arranger pour ne plus jamais croiser sa route car il risquait deux gifles en public et, moins cinématographique, une morsure au menton. Il y eut aussi cette histoire saugrenue avec Marvin Boleta qu'elle suivit jusqu'à Miami. Plus âgé et plus flambeur que ses amoureux habituels, Marvin Boleta faisait des affaires dans l'immobilier. Il avait profité de l'installation en 2002 de la foire Art Basel à Miami qui avait entraîné l'ouverture de nouvelles galeries, d'hôtels de standing et de boutiques de luxe. Avec le temps, le béguin s'était transformé en vacances permanentes et ennuyeuses pour Vera qui passait le plus clair de son temps à boire – le jour et le soir. Le jour, seule, le soir lors d'événements publics dans une ville qu'elle trouvait tape à l'œil. Elle et Marvin étaient installés dans une belle demeure Art déco dont la façade arrière plongeait sur une courte bande de plage privée. Depuis sa retraite, elle appelait régulièrement Anne-Marie qui sautait dans un vol pour la rejoindre et la trouvait dans un état parfois inquiétant. Anne-Marie l'accompagnait alors dans un hôpital où le personnel se penchait sur son problème d'addiction à l'alcool et aux médicaments. Sans cesse on lui proposait d'entamer une cure dans un centre spécialisé. Elle disait toujours vouloir y réfléchir. Ce jour-là, en rentrant chez elle, elle annonça à Marvin qu'elle ne pouvait plus vivre aussi loin d'Anne-Marie, que leur histoire n'avait pas de sens, qu'elle s'était trompée, et que l'Amérique – à l'image de sa maison trop vaste – l'angoissait. Ortega, qui n'était ni fou amoureux de Vera, ni complètement indifférent à son bonheur, essaya de la retenir, lui proposant d'inviter Anne-Marie à s'installer chez eux le temps qu'elle voudrait. Il lui dit qu'ils iraient à New York faire la connaissance d'un très bon ami dont l'épouse psy, l'une des meilleures à Manhattan, pourrait l'aider. Lorsqu'il comprit qu'elle ne voulait pas entendre parler de thérapie et que tout ce qu'il pouvait lui offrir ne représentait rien à ses yeux, il n'insista pas et écouta ses propres sentiments – il la laissa partir. Le jour de son départ, il avait le cœur irrigué d'une étrange tristesse. La tristesse de celui qu'on abandonne sans être désespéré de l'être. La tristesse de celui qui aime penser que tout aurait pu être différent, mais que rien ne convainc vraiment. Pour fêter leurs retrouvailles dans le petit hôtel particulier qu'Anne-Marie avait occupé durant la parenthèse américaine de Vera, les deux femmes avaient passé la nuit ensemble. Comme des adolescentes qui n'ont besoin de personne, elles avaient ri et bu, elles s'étaient enlacées, embrassées et endormies jusqu'au matin. Vera se réveilla avec la sensation d'avoir échappé à une catastrophe, heureuse de reprendre sa vie là où elle l'avait laissée.

Les cartons et les portants étaient entreposés au rez-de-chaussée, dans le vaste hall d'entrée, et seraient bientôt déplacés dans un box de stockage que les nièces avaient loué en attendant de tout mettre en vente sur Internet. Anne-Marie leur avait conseillé de répertorier chaque pièce, de les numéroter et d'en faire une brève description. Cela leur serait très utile si elles voulaient proposer ces habits à des connaisseurs qui ne manqueraient pas de leur poser des questions sur leur date de création, leur état de conservation, les maisons qui les avaient confectionnés ou les matières dans lesquelles ils étaient faits. En plus d'accessoires, petits mais de grande valeur, qu'elles avaient glanés au cours de leur travail de déblayage, elles avaient gardé pour elles quelques vêtements, souvenirs de cette aventure qu'elles n'auraient jamais pensé vivre et qui leur rapporterait sans doute une somme dont elles n'auraient jamais pu rêver. Elles avaient mis à l'écart un carré de soie, une étole en vigogne au tissage irréprochable, un jupon bordé de dentelle chantilly dans lequel ni l'une ni l'autre n'entrait, mais aussi, elles ne savaient pas exactement pourquoi, un étrange petit chapeau piqué de plumes d'oiseaux exotiques qu'elles ne porteraient jamais. La chose la plus précieuse qu'elles avaient voulu conserver était une cape courte en zibeline noire. Anne-Marie leur avait raconté l'histoire de ce vêtement que plus personne n'oserait porter aujourd'hui. En 1977, Vera était tombée amoureuse d'une chanson d'Yves Simon qui évoquait le spectre de

Zelda, l'épouse de Francis Scott Fitzgerald, et disait « Tu portais une cape de zibeline en écoutant *Kashmir* de Led Zeppelin ». Vera ne savait pas qui était Zelda Fitzgerald, ni Led Zeppelin – et Anne-Marie s'aperçut que ses nièces n'étaient pas plus au courant de leur existence –, mais obsédée par la chanson, elle s'était mis en tête de commander à un fourreur une pièce qui ressemblerait à celle décrite par le chanteur. Taillée dans une fourrure rare, la cape s'arrêtait au-dessus des hanches dans une coupe qui lui donnait l'allure d'un boléro et se fermait grâce à une agrafe de couleur bronze. Son aspect lisse et ses reflets scintillants attiraient n'importe quel spectateur, même le plus timide, tenté de vouloir caresser sa texture quasi irréelle. Gênées par les circonstances et par le prix astronomique qu'avait dû coûter cette cape, les nièces avaient dit à Anne-Marie qu'elle pouvait, elle aussi, se servir. Au regard de l'amitié qui la liait à Vera, il n'y avait aucune raison qu'elle ne choisisse pas ce qui lui plaisait, que ce n'était pas quelques robes en moins qui allaient dépareiller la collection, pointant l'étendue sans fin d'une vie passée à se faire belle. Elle déclina l'offre, rappelant qu'elle avait déjà hérité de quelques jolis effets, offerts du vivant de leur tante.

Peu après son retour de Miami, Vera reçut l'appel de Luca Famain. D'abord contrariée, elle avait voulu savoir comment il s'était procuré son numéro, mais elle fut vite détournée de ces considérations mesquines, intriguée par ce que le réalisateur lui expliquait de son projet. À trente-deux ans, auteur de deux documentaires remarqués dans le circuit des festivals – l'un sur l'évolution du travail en entreprise, l'autre sur l'histoire et l'économie de la littérature de gare –, Luca Famain avait l'intention de réaliser un film à propos de la vie dans les corons dans les années cinquante et soixante. Vera avait répliqué que c'était une bien belle idée mais qu'elle ne voyait pas en quoi elle pouvait l'aider. « En le produisant », avait rétorqué Samain, n'hésitant pas à lui faire remarquer qu'elle avait longtemps financé des associations aujourd'hui disparues. « J'étais un peu jeune à l'époque, avait-il dit, mais je sais ce que vous avez fait et – prenez-le pour de la flagornerie, mais vous auriez tort – je ne vous cacherai pas que votre disque brésilien continue de tourner chez moi. » Cette histoire de disque brésilien ne s'arrêterait donc jamais et lui ferait presque regretter de ne pas en avoir enregistré un deuxième dans la même veine qui aurait peut-être mieux marché. Courtoise mais impatiente d'en finir, elle avait répondu qu'elle était touchée par le compliment, qu'elle était toujours contente de savoir qu'elle existait dans un coin reculé de l'esprit de la jeunesse, mais que le sujet des corons était loin de ses préoccupations et ne l'intéressait pas. « Pourtant, vous venez de là », avait balancé Luca avec le culot du type convaincu de n'avoir rien à perdre et rien à risquer, sauf qu'elle lui raccroche au nez. Au lieu de mettre un terme à cette conversation sortie de nulle part, elle avait éclaté de rire. Il savait que Vera Di Pasquale faisait partie de ces femmes qu'on n'appelait pas, mais il avait décidé de tenter le tout pour le tout, quitte à passer pour un effronté ou un emmerdeur. Elle lui dit gentiment qu'elle n'avait pas envie d'évoquer ce genre de choses avec un inconnu, aussi charmant fût-il, qu'elle n'était pas honteuse de ses origines, mais qu'il n'y avait aucune raison d'en être fière et que tout cela prenait une tournure indélicate et ridicule. Elle lui souhaitait bonne chance dans la réussite de son projet mais elle ne pouvait rien pour lui. Comme s'il n'avait rien entendu de cette mise au point, le réalisateur avait dit : « Peut-être pourrions-nous nous rencontrer » et, sans qu'elle eût le temps de réfléchir, Vera s'était entendue dire : « Après tout, pourquoi pas ? » Il avait su faire sauter toutes les résistances de Vera en un temps record, la laissant les bras ballants devant la perspective du rendez-vous qu'elle venait de lui accorder. Il y avait chez Luca Famain une évidence dans la parole, une douceur dans le propos, quelque chose qu'elle ne connaissait pas mais qu'elle avait reconnu. Elle rapporta ce qu'elle croyait être une anecdote à Anne-Marie. Elle lui dit que ce garçon était sympathique, qu'il n'avait pas l'air envahissant et qu'il semblait savoir ce qu'il voulait. Ça ne lui coûtait rien de le recevoir, même si elle prétendait que le sujet de son film la laissait complètement indifférente. Son amie acquiesça en plaisantant – dans le pire des cas, elle pourrait coucher avec lui, et tout ne serait pas perdu. Vera se renseigna sur Samain et découvrit que son travail de documentariste était estimé par la critique et se distinguait par un regard dont la qualité primordiale – si elle en croyait ce qu'elle lisait – était sa délicatesse à privilégier l'humanité de ceux qu'il filmait et qui acceptaient de se livrer à lui. De *La Passion de la passion*, le film sur les romans à l'eau de rose, on disait qu'il avait réussi à mettre en lumière les défauts d'une institution littéraire méprisant ces femmes qui rêvent en lisant et lisent pour rêver. Quant à *Bosser dur*, son documentaire sur l'évolution des conditions de travail, il prenait la juste mesure de la souffrance morale et de la violence symbolique auxquelles étaient soumis des hommes et des femmes qui, pour survivre, acceptaient n'importe quel type de contrat, frôlant à la fois le chantage économique et l'aumône. Ce qu'elle réussit à rassembler comme informations la rassura sur les intentions du réalisateur dont elle avait maintenant très envie de voir les deux films.

Luca Famain offrit à Vera des copies DVD de ses documentaires lors de leur première rencontre afin de lui permettre de juger de la qualité de son travail et juger sur pièces. Comme elle s'y était attendue, il n'avait pas le physique de sa voix. Il était plutôt petit et trapu. Il avait un visage curieusement asymétrique sans aucun attrait particulier et une calvitie qui le vieillissait. Dépareillée, son allure semblait signifier qu'il ne savait même pas ce qu'il portait – le credo de ceux qui affirment ne pas aimer s'habiller mais avouent être obligés de se vêtir. Luca Famain était le prototype même de l'homme qui, sans avoir aucun charme, les avait tous. Après l'avoir complimenté sur la beauté de sa maison – « Ce n'est pas vraiment la mienne, c'est celle que mon mari m'a léguée », avait-elle minaudé –, il déroula le synopsis du documentaire qu'il comptait consacrer à la vie des cités minières dans les années cinquante et soixante – ce moment charnière qui précède la fermeture des puits, obligeant ceux qui vivent de la mine et possèdent encore les poumons pour le faire à se convertir. Il dit moins s'intéresser aux raisons du déclin de l'industrie du charbon qu'aux bouleversements induits dans la vie des familles, il dit vouloir montrer le quotidien des quartiers dans les bassins houillers avant et après leur mutation économique. Il poursuivit en détaillant les thèmes qu'il aimerait aborder dans la description de ces existences – l'école, les loisirs, les rituels, la solidarité, l'imaginaire. Il ne cessa de parler, emporté par son sujet et l'excitation qu'il lui procurait. Il affirma vouloir laisser un témoignage sur ces vies sacrifiées au nom d'un capitalisme qui, au cours de son évolution, ne cesserait de faire des victimes. Soulignant l'urgence de son projet, il dit : « La mine c'est comme la guerre, ceux qui l'ont faite, au mieux ne veulent plus en parler, au pire ne sont plus là pour en parler. » Prise de court et étourdie par le flux de ses paroles, Vera se demandait si elle n'était pas en train de rêver, et en voulait déjà à son visiteur qui, sans le savoir, lui faisait battre le cœur trop fort et trop vite. Il n'était que onze heures, mais tout en continuant à l'écouter, elle dégagea de la table basse le service à café qu'elle remplaça par une bouteille de vin blanc dont elle se servit un verre en avalant discrètement un anxiolytique qui mettrait moins de dix minutes à réduire le rythme de ses palpitations et faire disparaître la sensation de sable mouvant qui envahissait son corps. Elle finit par l'interrompre en lui disant qu'elle ne voulait pas contredire son enthousiasme, qu'elle n'y connaissait rien, mais qu'elle pensait savoir que des films sur les mineurs, il en existait déjà. « Et certains sont des chefs-d'œuvre », avait-il rétorqué en citant des titres qui n'évoquaient rien à Vera. Il lui parla de cette vague du cinéma social dont il fit l'éloge en lui expliquant que c'était exactement ce qu'il ne voulait pas faire. Comme au téléphone, elle revenait inlassablement sur son total manque d'intérêt pour son sujet. Elle ne voyait pas pourquoi elle participerait à la production d'un film dont le propos ne la touchait pas. Il était juste de dire qu'elle avait passé son enfance et son adolescence dans les corons, mais elle en gardait si peu de souvenirs, et ceux qu'elle avait étaient si flous, qu'elle pensait n'avoir aucune légitimité à défendre son entreprise. « Vous savez, je n'ai aucun mépris pour ce milieu, mais je ne viens plus de là », avait-elle sorti avec l'espoir de décourager son interlocuteur et mettre un terme à la rencontre. C'était sans compter sur la pugnacité et l'inattendu pouvoir de séduction de Luca Famain qui, après avoir demandé la permission de se servir un verre de vin, avait répondu qu'il avait bien conscience du fossé qui la séparait de son passé. Il réactiva la discussion sur l'angle qu'il comptait prendre pour réaliser son projet qui, disait-il, serait d'autant plus intéressant qu'il mettrait en exergue la vision d'une femme qui regarderait en face un monde auquel elle avait tourné le dos. Vera s'étrangla en précisant que si d'aventure elle soutenait son film, il était hors de question qu'elle y apparaisse. « C'est dommage car vous y serez quand même », lança le réalisateur qui, sans perfidie, était encore arrivé à éveiller la curiosité de Vera restée sans voix. Il expliqua que son film était produit par le même studio à l'origine de ses deux premiers documentaires, qu'il était encore en quête de l'une ou l'autre participation, mais qu'il était déjà bien avancé dans l'élaboration du montage financier. Luca avait entamé des recherches trois ans auparavant et avait accumulé pas mal de matériel. Son enquête l'avait guidé un peu partout dans les régions minières qui pouvaient l'intéresser et lui avait permis de mettre la main sur certains documents. Il avait ainsi en sa possession une bobine de film tournée là où avait grandi Vera. Il l'avait trouvée au fond d'un local d'archives de la petite mairie du village où Dieu sait qui l'avait entreposée et oubliée. Personne n'avait pu lui dire qui avait tourné les images, quant à savoir à quoi elles devaient servir, personne ne s'en souvenait. La bobine contenait plus ou moins six minutes de film en noir et blanc et sans son. Sur les images on voyait des lieux, des maisons, mais aussi des habitants du village qui posaient en souriant devant l'objectif. D'après ce que Luca en avait déduit, il aurait pu s'agir de repérages pour ce qui aurait dû être un film qui n'avait jamais vu le jour ou, plus prosaïquement, d'images tournées sans aucune raison par le propriétaire de la caméra qui se serait fait la main en filmant ses voisins. Dans ce cas, il se demandait ce que la bobine faisait sur les étagères d'une administration et tenait à souligner la dextérité de ce caméraman du dimanche dont les images, nettes, n'étaient pas dénuées de qualités. Dans l'une des scènes, Luca pensait avoir reconnu Vera qui devait avoir sept ou huit ans, et se tenait à côté d'une femme dont les traits pouvaient faire croire qu'elle était sa mère. Il précisa que le film, prêté par la mairie, était en cours de digitalisation et qu'il pourrait bientôt le lui montrer, proposition que Vera balaya d'un revers de main, expliquant qu'elle ne voulait pas le voir, qu'elle n'en avait gardé aucune trace dans sa mémoire et que donc il se trompait – ce n'était pas elle qui apparaissait sur ces images. Et quand bien même ce fût-elle – il ne devait pas s'en offusquer –, elle ne lui donnerait pas l'autorisation de les exploiter. En se levant, elle dit que, pour aujourd'hui, ils en resteraient là. Elle l'avisa que son avocat prendrait contact avec lui afin de visionner les images et entamer la procédure qui s'imposait. « Si elle s'impose », avait rétorqué avec douceur le réalisateur toujours assis. Sans même songer à un éventuel délai de prescription l'autorisant, avec ou sans son accord, à utiliser ces images tournées il y avait plus de cinquante ans, il lui fit remarquer qu'elle ratait quelque chose en refusant de les regarder. Il avoua que les six minutes ne valaient pas toutes le coup d'œil, mais que certaines, parmi lesquelles celles où on la voyait, transpiraient d'une grande tendresse – ce qui la fit bondir et hausser le ton : « Croyez-moi, là-bas, il n'y avait de tendresse nulle part. Les images dont vous me parlez n'ont pas été tournées chez moi. Je crois que vous vous trompez d'endroit. » Elle se rassit brusquement et regarda Luca Famain, certaine qu'il disait la vérité, convaincue qu'il n'y avait chez lui pas une once de malignité.

La visite de Luca Famain plongea Vera dans un état d'anxiété qu'elle n'avait plus connu depuis longtemps et provoqua dans son esprit un sale trafic d'idées noires et d'images morbides. À l'angoisse du moment s'ajouta la profonde déception de n'avoir jamais voulu soigner ses blessures. Elle pensait que nous étions seuls avec le poids de notre peine et qu'il valait mieux crever à petit feu plutôt que d'avouer à quiconque la honte qui nous pourrissait le cœur. Couchée sur le canapé, elle pensa que tout cela était de sa faute, qu'il était trop tard, qu'elle ne pouvait plus revenir en arrière. Elle se releva et commença à marcher de long en large comme si ses pas allaient l'emmener loin d'elle, alors que le mélange d'alcool et de médicaments avait commencé à la faire bouger loin de son état normal. Elle sentit le vertige arriver. Anne-Marie ne paniqua pas quand elle la vit. Vera, le souffle saccadé, avait dit : « Aide-moi à revenir, je n'arrive pas à revenir. » Elle s'était laissée tomber, le dos appuyé contre l'imposante cheminée du salon, abattue par les trois bouteilles de vin bues depuis le matin et qui avaient mal tourné au contact des cachets qu'elle avait avalés. Son regard suppliait Anne-Marie qui avait appelé les secours, lui parlait pour la rassurer jusqu'à ce qu'elle entende la sirène de l'ambulance qui, en début de soirée, l'avait emmenée vers un service d'urgence où on la connaissait bien. Stabilisée et hors de danger, Vera passa une nuit à l'hôpital où on lui fit les recommandations d'usage – ne pas boire autant, ne pas boire en prenant des médicaments, ne pas utiliser les médicaments pour soulager autre chose que ce qu'ils soulageaient, ne pas augmenter les doses des médicaments sans l'avis d'un médecin. Pour avoir la paix, elle répondit oui à tout et promit de ne pas recommencer. Elle dit qu'elle avait cru mourir – ce qui était vrai – et qu'elle avait retenu la leçon – ce qui était faux. Encore dans les vapes, elle en profita pour raconter à Anne-Marie son entrevue avec Luca Famain et lui expliqua cette histoire de film retrouvé qui l'avait fait paniquer. Elle regrettait de l'avoir menacé de lui coller son avocat aux trousses. Elle avoua avoir été touchée par la manière dont il parlait de son projet. Mais l'idée de savoir que ces images existaient la mettait mal à l'aise, même si elle doutait de sa présence sur celles-ci car, comme elle l'avait prétendu, elle n'en avait gardé aucun souvenir. Anne-Marie affirma que regarder le film serait la seule façon de tirer l'affaire au clair. Vera se demanda comment on pouvait garder en mémoire des moments d'expériences douloureuses, au point d'y construire toute une vie aux alentours, et en évacuer d'autres sans qu'ils ne laissent aucune trace. De retour chez elle, elle se jeta sur les DVD de *La Passion de la passion* et *Bosser dur,* et eut la confirmation de ce qu'elle savait déjà : Luca filmait ses témoins avec justesse, à la bonne distance, sans forcer le trait, sans ambiguïté, faisant preuve d'un intérêt sincère pour l'histoire qu'ils racontaient. En dépit de leur sujet – la dévalorisation sociale des femmes adeptes des romans de gare et le-cul-de-sac économique où croupissent les travailleurs les plus vulnérables –, les deux documentaires affichaient un parti pris esthétique qui démontrait la dextérité de Luca à produire des images belles et jamais insensées. Elle ne savait plus par qui ou par quoi elle était séduite – les films, les personnages des films ou celui qui avait signé les films. Le lendemain, au téléphone, elle dit à Luca Famain qu'elle voulait le revoir et qu'elle ne lui enverrait pas d'avocat, qu'elle n'avait jamais eu l'intention de le faire mais qu'il fallait la comprendre et traduire ses paroles comme un simple réflexe de défense. Fidèle à lui-même, c'est-à-dire d'une grande délicatesse, le réalisateur n'avait pas crié de joie, ni plaisanté sur ce retour en grâce mais avait précisé qu'il était évidemment prêt à la rencontrer dès que le transfert sur support digital de la bobine retrouvée serait réalisé. « N'attendons pas l'arrivée de ces foutues images pour continuer à discuter de votre projet. Voyons-nous avant », avait clamé Vera. Et la conversation reprit, lui décortiquant avec précision le rôle qu'elle aurait à jouer dans le film, elle exprimant son appréhension de le suivre dans cette péripétie qui était déjà en train de rallumer les foyers mal éteints du passé. Elle lui rapporta l'escapade qu'elle avait faite quelques années avant au village et l'image écorchée qu'elle en avait ramenée et qu'elle aurait du mal à édulcorer si elle devait passer devant la caméra de Luca. Il insista sur l'intérêt qu'il y aurait à superposer les points de vue, évoquant le village d'hier et celui d'aujourd'hui, afin de souligner l'évolution de son décor. Il s'était, lui aussi, récemment rendu au village et avait remarqué l'effort accompli pour transformer et améliorer son paysage. De sa participation au projet de Luca, Vera continuait à répéter qu'elle relevait de la divagation. Elle aimait le provoquer en lui disant qu'après avoir discuté des corons avec lui, elle avait rendez-vous chez un créateur pour ajuster la longueur d'un manteau dont le prix pourrait couvrir le financement de deux de ses films. « Et alors ? », avait-il répondu, fermant la porte à toutes considérations morales sur le coût d'un vêtement griffé qui donnait du travail à des centaines de personnes et sur l'intérêt de tourner des documentaires qui ne rapportaient rien à personne. Sur l'habillement et la frivolité, en dépit de son propre accoutrement, il disait comprendre l'enjeu existentiel d'une belle mise. Il lui raconta l'expérience insolite de Matthäus Schwarz, ce comptable allemand qui, entre 1520 et 1560, avait demandé qu'on le peigne dans ses plus beaux vêtements, composant au rythme des années le livre de sa vie – ce qui, pour lui, semblait constituer l'empreinte la plus juste de son passage sur Terre. Vera avait désamorcé le sérieux de Luca en rétorquant qu'il fallait être complètement timbré pour faire ça, même si, sans le dire, elle trouvait l'idée séduisante et magnifique. Vera Di Pasquale s'était rapidement prise au jeu de Luca Famain avec qui elle partageait des moments de discussion stimulants à travers lesquels il l'amenait à s'investir bien au-delà de l'entreprise du film qu'elle avait accepté de coproduire. Elle rappelait à Luca ce qu'elle avait vu et vécu, pointant certaines thématiques qu'il avait omis de repérer, attirant son attention sur des détails qui, à y bien regarder, n'en étaient pas. De fil en aiguille, sans rien dévoiler de ce qu'elle avait subi au sein de sa famille, d'anecdote en anecdote, elle amena la discussion sur le terrain des violences faites aux filles dans cet environnement où tout semblait fait pour que le silence l'emporte. L'histoire de cette adolescente tombée enceinte à quinze ans, contrainte d'abandonner l'école et d'épouser le père de son enfant à qui l'on pardonnera toutes les incartades sous prétexte qu'il était jeune et qu'il avait encore besoin de vivre. L'histoire de cette majorette, connue pour fumer dans la rue et dont la rumeur disait qu'elle avait couché avec tous les membres de la fanfare, abusée un jour de kermesse par deux amis qui passeront le reste de la soirée à s'en vanter au comptoir des cafés. L'histoire de cette gamine qui n'osait plus sortir de chez elle parce qu'elle avait sur la joue une balafre de trois centimètres, stigmate laissé par des garçons qui ne voulaient plus la voir traîner dans leur bande et l'avaient attaquée à la lame de rasoir pour lui montrer ce que c'était de se raser. Toute cette horreur ordinaire, toute cette banalité de l'horreur. Ce que Vera disait de cette souffrance atone obligeait Samain à s'interroger sur comment filmer les maisons du village tout en montrant ce qu'en cachait leur façade. Cette folie des êtres que l'on avait crue acceptable hier, parce que c'était hier, et que l'on croyait dépassée aujourd'hui alors qu'elle s'était tout simplement fondue dans le décor.

Le smoking sans manches

Les nièces ne connaissaient pas le documentaire. Elles étaient l'illustration effarante de l'existence de deux univers qui, parce qu'ils s'informent à des sources différentes, ne se rejoignent jamais. Dans son entourage, tout le monde avait été déconcerté de tomber sur le nom de Vera Di Pasquale au générique de ce film dont le contenu ne lui ressemblait pas. Elle y dévoilait ses origines modestes et expliquait avec ses mots sa vision de l'exil social – celui qu'elle avait organisé, très jeune, pour laisser derrière elle le peu de futur que son milieu lui promettait. Intitulé *Nos montagnes*, clin d'œil aux terrils qui en constituaient l'arrière du décor, le documentaire de Luca Famain était construit autour de plusieurs témoignages évoquant le quotidien dans les quartiers miniers des années cinquante et soixante, mais la presse s'était focalisée sur celui, inattendu, de Vera. Malgré l'insistance de certains journaux, elle rejeta toutes les demandes d'interviews, laissant à Luca le soin de défendre son film et d'expliquer sa participation selon des termes convenus entre elle et lui. En revanche, campée dans un smoking destructuré qui avait fait parler de lui, elle accepta d'apparaître au bras de Luca lors d'une soirée organisée pour le lancement du documentaire. Même si le nombre de salles restait toujours limité pour la sortie de ce genre de film, la maison de production voulut en faire un événement. Soutenu par une campagne de promotion bien pensée, *Nos montagnes* suscita l'intérêt d'un public intrigué et touché par l'évocation d'un monde disparu dans l'indifférence générale. Alors que le distributeur avait été contraint d'augmenter le nombre de copies en circulation, les commentateurs étaient partis en roue libre dans une sarabande d'avis et de points de vue que ni Luca, ni Vera n'avaient imaginés. Certains analysaient le succès du film comme le signal d'une angoisse – celle d'une époque qui se sent basculer vers sa propre fin et tente désespérément de comprendre ce qui lui arrive. D'autres péroraient, avançant l'idée que les hommes ont beau tenter d'apprendre du passé, ils se font toujours surprendre par l'histoire et par l'étendue insoupçonnée de leur stupidité. Sur les plateaux des chaînes de télé, dans les théâtres engagés et les maisons de la culture, on organisait des débats inspirés par le film. On y voyait défiler des historiens du mouvement prolétaire, quelques écrivains qui s'étaient penchés sur l'héritage d'une certaine culture populaire et une ribambelle de filles et de fils d'ouvriers qui parlaient du monde de leurs pères et de leurs grands-pères comme d'une contrée lointaine qu'ils n'avaient pas encore eu le temps de visiter – trop occupés qu'ils étaient à tenter de s'en évader. Les politiques étaient évidemment entrés dans la danse et avaient ajouté leur voix au concert de louanges accompagnant la sortie de film, la plupart soulignant le courage et l'exemplarité du parcours de Vera Di Pasquale, désignée comme modèle de réussite, pur produit d'une époque où personne n'attendait rien des enfants d'ouvriers – sauf qu'ils restent à leur place. Cette effervescence et cette soudaine mise en lumière de son passé, si elles faisaient sourire Vera, provoquait chez elle des crises d'angoisse qui se déclenchaient sans prévenir – n'importe où et à n'importe quel moment. Les choses dérapèrent après qu'elle eut lu une critique négative qui comparait son intervention dans le film à une imposture. Vera, ivre et sonnée, fut hospitalisée d'urgence. Une fois de plus, le malaise avait pris plus de place que les réels dégâts causés par le croisement de l'alcool et des médicaments. Lorsqu'elle eut compris que cette nouvelle notoriété l'obligeait à faire un pas de côté, elle cessa de s'abandonner à la panique. Passé ce moment où elle faillit perdre le contrôle, toujours épaulée par Luca, admirable dans la gestion de leur succès inespéré mais encombrant, Vera suivit de loin l'évolution du film, indifférente aux œillades de ces hommes et de ces femmes politiques qui l'invitaient à toutes sortes de réceptions auxquelles il eût mieux valu qu'elle n'assiste pas, effrayée par ses envies de meurtre et de carnage. Les plus égocentriques se vantaient de leur basse extraction pour tenter d'attirer son attention et ouvrir un dialogue qu'il leur tardait d'entamer car, prétendaient-ils, ils avaient tant de choses en commun, et donc tant de choses à se dire. Les politiques savaient parfaitement que Vera avait repéré la manœuvre de récupération, mais par un mystère que seule la foi en leur profession pouvait expliquer, ils ne baissaient pas les armes, continuaient à la flatter, à essuyer des refus et à se rendre ridicules. Leurs sollicitations étaient telles – ils avaient tous un service à lui demander, un projet à parrainer, un ruban à couper, un chantier à financer – que Vera en était venue à se demander si elle avait bien fait d'apparaître dans le film de Luca, si elle n'aurait pas dû l'envoyer balader le jour où il lui avait montré les images sur lesquelles il avait mis la main. Ce jour-là, tendue par l'épreuve qui l'attendait, elle demanda à sa fidèle amie d'être présente et d'intervenir si, à un moment ou un autre, elle perdait les pédales. Anne-Marie consentit à ce qu'elle boive deux verres avant l'arrivée de Luca, mais le choc provoqué par le film fut si cinglant qu'elle se laissa glisser dans la vase des souvenirs revenus, laissée sans défense devant l'écran où s'animait le spectre d'une enfant qu'elle reconnaissait avoir été. Sur les images, on voyait un groupe formé par une dizaine de personnes – des adultes et des enfants, des femmes et des hommes, mais plus de femmes que d'hommes. Le film était muet, mais on les voyait rire, parler et s'apostropher devant une caméra qui ne tremblait pas et qui, à certains moments, s'approchait des visages sans en altérer la netteté. À l'arrière-plan, on apercevait le toit d'un terril noir de crasse. De part en part, d'étroites maisons collées les unes aux autres remplissaient l'espace dont l'horizon était barré par un ciel morne et poussiéreux. À l'extrême gauche de l'image, on remarquait une gamine – la seule dans le groupe qui ne souriait pas – habillée d'un tablier en tissu écossais rehaussé d'un col blanc. Son regard fixait l'objectif, puis elle baissait les yeux, puis les relevait, comme pour dire qu'elle ignorait ce qu'elle faisait là et ce qu'on attendait d'elle. Vera pointa le doigt vers l'écran et murmura : « C'est moi. J'ai sept ans. » Elle désigna, juste à côté d'elle, sa mère, une jeune femme à l'étourdissante chevelure noire. Elle portait une jupe droite qui tombait en dessous du genou, serrée à la taille par une large ceinture sur laquelle débordaient les plis bouffants d'une blouse brodée. Le genre de femme qui, à l'époque, avait dû faire tourner les têtes sur son passage et légué à sa fille la beauté naturelle de ses traits. Vera ressemblait à sa mère. Anne-Marie murmura qu'elle affichait un air plus doux que tout ce que Vera avait pu lui en dire. Vera la coupa, stimulant la curiosité de Luca qui demanda de quoi elles parlaient. Vera lui expliqua alors que cette femme sur l'écran fermait les yeux lorsque son père la rossait. Son père et son frère n'apparaissaient pas sur l'image où l'on voyait un petit garçon en culotte courte, les cheveux soigneusement peignés, tenant dans les bras une poupée. Lorsque Luca lui demanda si elle savait qui il était, Vera hocha la tête. Elle se souvenait que tout le monde l'appelait Fifi la tata. « Un jour, il m'avait raconté que les autres enfants le frappaient », dit-elle, comme si elle passait aux aveux, laissant entendre qu'elle n'avait pas pu l'aider et l'avait abandonné aux mains de monstres. De le voir là, de le retrouver après tant de temps, elle aurait aimé serrer Fifi la tata dans ses bras. Elle aurait voulu savoir où il était, ce qu'il était devenu et s'il avait survécu au tombereau d'insultes qui avait pavé son quotidien et sur lesquelles il avait bien été obligé de bâtir son existence. Personne ne pouvait souhaiter ça à un enfant qui, aux premiers assauts de ses agresseurs, se demandait ce qu'il avait fait de mal et, aux suivants, se mettait à se détester. Elle se rappelait chaque personnage – des voisins qui avaient tenu des rôles plus ou moins importants dans ce cadre étriqué où l'on vivait les uns sur les autres. À côté de sa mère se tenait Madame Albertina, une dame ronde qui compensait la perte de son mari, mort écrasé par un chariot au fond de la mine, par une méchanceté capable de faire pleurer des portes en fer. Pas loin d'elle, on voyait ses deux filles – deux adolescentes rougeoyantes et dodues, connues pour faire couler le venin de leurs bouches et à qui il fallait toujours tout pardonner parce qu'elles étaient orphelines. Sur d'autres images filmées au pied d'un terril et où n'apparaissaient ni Vera ni sa mère, on voyait Flavio, le fils des Fabiani, qu'elle aimait bien parce qu'il était gentil et qu'il avait du style avec ses cheveux gominés et son blouson de cuir. Elle l'avait repoussé lorsque, plus tard, il lui avait déclaré sa flamme alors qu'elle n'avait que quinze ans car là-bas, à cette époque, aussi déprimant que cela pût paraître, on considérait les filles de quinze ans comme bonnes à marier. Sur les images, Flavio posait en marcel blanc, exhibant des bras d'une musculature délicatement tracée, et s'amusait à jouer les boxeurs face à son meilleur ami – Jacques, célèbre dans la cité pour avoir visité la Norvège et la Suède, autant dire, pour les gens du coin, un exploit auquel ils ne pourraient jamais prétendre. Des vacances d'été dont l'exotisme – personne ici ne partait en vacances et personne ne savait où se trouvaient la

Norvège et la Suède – avait contribué à faire entrer Jacques dans la mythologie du quartier et à lui attribuer le statut de héros. Sur certaines images retrouvées par Luca ne figurait personne. Sur celles-là, on avait réussi un long travelling, bien maîtrisé, dans une rue pavée vide qui ne dit rien à Vera. Sur d'autres, on découvrait une scène de fête foraine dont Vera reconnut l'emplacement. On y sentait l'effervescence et l'insouciance d'une petite foule heureuse d'être là, de s'abandonner à l'atmosphère, aux rires et aux flonflons. On remarquait un groupe de jeunes filles aux cheveux crêpés qui s'amusaient – ou se moquaient –, des garçons, carabine à l'épaule, visant des cibles surmontées de plumes colorées. Derrière, on voyait des nacelles en bois, peintes comme des carrosses, traverser l'écran dans un mouvement de balancier qui faisait bouger les jupes des femmes jusqu'à les faire se relever. Au centre de la kermesse, la caméra avait filmé le stand des autotamponneuses au bord duquel stationnaient des grappes d'adolescents, postés en clans – se défiant ou s'ignorant, mais tous en rang pour tenter le flirt de leur vie. Sur les hautes bâches qui décoraient l'attraction, on avait peint les visages des idoles du moment parmi lesquels on reconnaissait, malgré les traits malhabiles, Johnny Hallyday, Sheila et Sylvie Vartan – ce qui laissait supposer, comme le confirmera Vera, que le film avait été tourné au milieu des années soixante. Il faisait beau, les filles étaient en manches courtes, il y avait beaucoup de monde. Pour Vera cela ne faisait aucun doute, les images avaient été prises le dimanche de Pâques. « Où as-tu trouvé ça ? C'est incroyable », souffla-t-elle.

Regarder tous ces gens s'agiter sur l'écran de l'ordinateur la fit sourire. Elle ajouta : « Tous ces pedzouilles qui m'ont fait chier pendant des années, voilà que tu me les ramènes sur un plateau doré. Ça se fête, de pareilles horreurs. » Elle demanda à Anne-Marie d'aller chercher une bouteille de champagne. En le prenant dans ses bras, elle jura à Luca qu'il était un beau bandit et qu'il venait de lui dévaliser le cœur. Il la serra fort, et elle sut que c'était tout ce qu'elle obtiendrait de lui. Luca, qui était marié à sa monteuse, lui avait poliment fait comprendre qu'il la tenait en haute estime, même si ce n'était pas la raison pour laquelle il ne coucherait pas avec elle. Peu habituée à ce qu'on lui résiste, Vera s'était sentie humiliée le temps d'un bref instant, mais connaître et fréquenter Luca Famain lui apportait plus de tranquillité que tout ce que n'importe quel homme, à l'exception de Renzo, avait pu lui offrir. C'était étrange et très difficile à éclaircir, mais ce qu'elle vivait avec Luca apaisait la dispute silencieuse qui, depuis des années, se tenait dans sa tête et l'opposait à elle-même. Luca lui avait doucement confisqué cette envie qui la poursuivait et agaçait son esprit – celle de faire payer. Au contact du réalisateur, elle avait fini par comprendre que personne ne lui rendrait rien. En trinquant à la mémoire de l'inconnu qui avait signé les images retrouvées et que Vera avait évacuées de ses souvenirs – elle ne savait tout simplement pas qui avait tenu la caméra –, elle annonça qu'on pouvait aussi lever son verre au projet de film de Luca auquel elle acceptait de participer. L'intégralité des séquences ne fut pas exploitée dans le montage final du documentaire.

Elles ne formaient qu'une petite partie de l'ensemble où l'évocation du village et le témoignage de Vera faisaient l'objet d'un chapitre parmi beaucoup d'autres. Samain avait posé son regard sur une multitude d'endroits qui, quoi qu'en pensa Vera, ne faisaient pas de la cité où elle avait grandi un endroit unique. Les décors et les expériences se répétaient, guidant le réalisateur vers des choix qui, selon lui, illustraient le mieux son propos sur la fermeture des puits de charbonnage et, partant, sur les métamorphoses des communautés qui en vivaient.

Dans *Nos montagnes*, Vera se présentait de face, filmée en gros plan – à peine maquillée, ce qui donnait tout le loisir d'observer les pattes-d'oie en éventail sur ses tempes et les plis qui tombaient des commissures des lèvres jusqu'au bas du menton. Ses longs cheveux tirés en arrière laissaient la place à un haut front strié de trois rides peu profondes qui avaient l'amabilité de ne pas encore la désigner comme vieille. Sa bouche, qui pouvait se vanter de n'avoir jamais été retouchée, était d'un rose légèrement scintillant qui surmontait idéalement le noir de son habit cadré jusqu'aux épaules. Elle avait validé le plan prévu par Luca, à condition de pouvoir dissimuler son cou dont la peau un peu relâchée était le seul endroit de son corps qui lui donnait du fil à retordre. Pour la prise, elle avait envisagé de porter un foulard aux motifs équestres – mors, selles, bottes, cravaches – mais Luca avait trouvé l'imprimé et le nœud encombrants à l'image. Anne-Marie avait alors suggéré à Vera de passer un simple col roulé noir qui avait l'avantage de projeter un contour net et graphiquement infaillible. C'est dans cette position fixe, les yeux braqués sur le spectateur, que Vera s'exprimait. Après un court instant de silence, et un bref sourire qui semblait donner le signal de sa confession, elle parlait : « Je m'appelle Vera Di Pasquale. J'ai été connue sous le nom de scène de Vera Dor mais je suis née Vera Doriano. Mon père – Dino Doriano – est arrivé dans la cité en 1949, après être brièvement passé par l'Allemagne. Lorsqu'il s'est installé ici, la cité n'était pas encore tout à fait terminée. Il a vécu un long moment dans ce qu'on appelait la cantine des Italiens, un centre d'accueil où les hommes célibataires mangeaient dans un long réfectoire et s'entassaient le soir dans un dortoir qui sentait la sueur et l'ail. Il a rencontré ma mère – Angela – en 1951 lors d'un bal où l'orchestre jouait des tarantelles. C'était une autre époque. La plupart des filles ne pouvaient se rendre à ce bal que si elles étaient accompagnées de leur frère. Aîné ou cadet, ça n'avait pas d'importance. Un frère de vingt ou onze ans avait toujours autorité sur sa sœur, même si elle était plus âgée que lui. Les jeunes femmes qui venaient au bal seules ou en groupe étaient considérées comme des dévergondées car elles ne respectaient pas la tradition et échappaient donc à toute surveillance. Leur effronterie attirait beaucoup les garçons qui, pour la même raison, n'en auraient pas fait les mères de leurs enfants. Si on pouvait s'amuser avec elles, c'était la preuve qu'elles n'étaient pas sérieuses. Telle était l'hypocrisie qui régnait dans la cité et en faisait un endroit… – comment le dire sans froisser personne ? –, un endroit étroit. Mon père a épousé ma mère, qui était sérieuse puisqu'elle allait au bal accompagnée de son frère, en 1952. Je suis née en 1953. Je suis née ici. Mes parents ne m'ont pas appris l'italien. J'ai pu me débrouiller plus tard grâce à mon mari qui parlait un italien parfait. Mon père a été mineur jusqu'en 1965, date à laquelle il a été engagé dans une aciérie où il occupait un poste aux laminoirs – pour autant que je m'en souvienne. Il a travaillé à la mine jusqu'en 1965 – ou jusqu'en 1964, je ne m'en souviens plus exactement – mais le puits où il descendait est resté en activité longtemps après. Je ne sais pas de quand date sa fermeture, j'ai quitté le village en 1971. Le climat était pesant car tout le monde observait tout le monde, mais je dois être honnête, il y régnait aussi un sentiment de solidarité qui poussait tout le monde à aider tout le monde. Malgré l'ambiance, le décor et le peu de moyens dont on disposait, il y avait dans la cité une certaine joie de vivre. » Ici, le visage de Vera disparaissait de l'écran et laissait la place aux images du groupe de femmes et d'hommes qu'on voyait plaisanter devant un terril. En voix off, elle poursuivait son récit : « Là, j'ai sept ans, je suis à côté de ma mère et je tire la tête pendant que les autres sont en train de rire. Je tire la tête parce que je pense avoir saisi ce qu'on attend de moi – en gros, rien. Quand j'ai eu compris que, dans cette cité, on décidait à votre place de votre avenir, qu'il était tout tracé et qu'il ne menait nulle part, j'ai tout fait pour échapper à ce piège. Je dis que je tire la tête parce que j'ai deviné que les dés étaient pipés, mais ce n'est pas vrai – évidemment. Je l'ai découvert plus tard, même si déjà à sept ans, je regardais le paysage en me demandant où se trouvait l'issue de secours. » L'image revenait sur le gros plan de Vera. On la voyait rire à ce qu'elle venait de dire. Pour éviter de le faire à gorge déployée, elle avait eu le réflexe de porter sa main à sa bouche, dévoilant un triple anneau serti de minuscules diamants blancs dont la couleur, en percutant la lumière qui l'éclairait, explosait en vifs faisceaux, aussi vite apparus que disparus. Elle reprenait : « J'ai été ce qu'on appelle une rebelle, même si au village, on était vite une rebelle. J'ignore s'il y a beaucoup de jeunes femmes qui ont fait ce que j'ai fait – partir. Des jeunes femmes ou même des jeunes garçons d'ailleurs. Les garçons aussi étaient destinés à subir des vies dont ils n'avaient pas toujours envie. À seize ans, on les envoyait travailler à l'usine et je suis certaine que, parmi eux, beaucoup n'ont jamais osé dire qu'ils rêvaient de fuir. Chez moi, il n'y avait pas le temps pour rêver. Alors que moi, j'aimais chanter. J'étais douée pour le chant. Mais j'ai grandi avec l'idée que rêver était un luxe réservé à ceux qui n'ont rien d'autre à faire. Quelle bêtise. J'ai quitté le village en 1971 pour m'installer en ville. J'étais très jeune. Mais très jeune à l'époque, ce n'était pas très jeune comme aujourd'hui – on était plus vite adulte, l'adolescence ne durait pas longtemps. J'ai déserté les lieux avec, en poche, un certificat d'études qui reconnaissait mon aptitude à exercer le métier de couturière. J'ai adoré la couture, j'avais un petit talent, je réalisais d'assez jolies choses et l'un des lieux qui me permettait de m'évader était la mercerie du village où je pouvais passer des heures entre les fils à coudre et les boutons de toutes les formes. Mais j'étais également titulaire d'un diplôme de dactylo qui m'a permis d'entrer dans la vie active et de m'éloigner du village où le curé, l'instituteur et le médecin étaient désignés pour guider nos décisions. Ils avaient presque la mainmise sur nos vies où, une fois de plus, il n'y avait pas grand-chose à décider puisque tout – de la naissance à la mort – suivait un scénario écrit à l'avance. C'était insupportable. Mais je ne voyais pas comment échapper à ces gens dont le but était de nous anesthésier le cerveau afin de garder la place – au bas de l'échelle – qui nous avait été assignée. Ce que je n'ai pas fait. Je savais que je pouvais chanter, mais je ne savais pas à qui le montrer. Je ne savais rien. Et puis, la chance s'en est mêlée et j'ai pu chanter. Je sais, la chance, ce n'est pas donné à tout le monde. » Vera disparaissait de l'image que Luca avait mixée avec l'extrait d'une émission de télévision où on la voyait, corps svelte cintré dans une longue robe en mousseline jaune, chanter l'un de ses tubes. Il avait choisi *L'Amour à la mer* dont la musique carillonnante et la chorégraphie colorée contrastaient avec la description qu'elle venait de donner de ce village qui, à l'entendre, avait tous les défauts de la Terre. À la fin de la chanson, Vera réapparaissait à l'écran. Elle souriait et avouait : « J'ai été ça. J'ai été cette jeune femme qui avait fait de son corps son outil de travail. Et, quand j'y pense, je n'étais pas si éloignée de celles qui travaillaient à l'usine car j'étais une bonne ouvrière du show business. J'enregistrais des disques à la chaîne, j'obéissais à un patron, j'étais exploitée, je subissais mon sort – à cette seule différence près : je jouissais d'un confort matériel et d'une vie dont aucune fille à l'usine n'a jamais pu profiter. Je sais que la comparaison avec les filles de l'usine peut choquer, mais je vous rassure, elle s'arrête là car ce confort n'a fait que grandir et s'étendre quand j'ai quitté la chanson pour rejoindre un milieu que je ne connaissais pas. Un monde dont on m'a dit qu'il n'était pas fait pour des femmes comme moi. Des femmes qui, parfois, disent un mot pour un autre en pensant dire le bon et qui tentent d'évacuer ce qu'il reste de leur accent. Enfin, non – je suis injuste, on ne m'a jamais rien dit concernant ce milieu aisé et fortuné puisque, chez moi, on ne savait pas qu'il existait. En fait, je suis une autodidacte du chic. » À cet instant, alors qu'on entendait Vera rire de sa formule, le film montrait des images d'une soirée de gala où elle avançait, dans une robe théâtrale, au bras de Renzo Di Pasquale en smoking, sous le crépitement des appareils tenus par des photographes qui se bousculaient car, dans leur cas, se bousculer donnait plus de poids à la comédie du glamour – cette mascarade qui ne dit rien de ceux qu'elle met en scène et invente tout pour le plus grand plaisir de ceux qui la réclament. Pendant que défilait ce document d'archives, la voix de Vera concluait son commentaire : « Bien sûr, j'ai fui le village, je n'y ai plus jamais mis les pieds et j'ai renié ses habitants. Mais j'ai compris que ce n'était pas à eux que je devais en vouloir. Je devais en vouloir à cette organisation archaïque, abrutissante et aliénante qui rendait les gens prisonniers de leur condition. C'était il y a longtemps. Heureusement, les choses ont changé. Encore que, parfois, – quand je regarde autour de moi, je me demande si les choses ont réellement changé. » La séquence se terminait sur un plan fixe du visage de Vera qui, après quelques secondes, baissait les paupières. Ses lèvres avaient bougé dans un imperceptible mouvement qu'on pouvait traduire comme un soupir de soulagement, laissant supposer que tout ce qui avait précédé relevait de la performance. Comme entendu avec Luca, à qui elle s'était confiée durant la préparation du film et qui l'avait aidée à écrire le texte qu'elle disait à l'écran, elle n'avait rien dit de son frère qu'elle prétendait avoir définitivement expulsé de ses pensées. À gauche, certains politiques avaient émis quelques réserves sur ses propos et argumenté sur le fait que Madame Di Pasquale s'exprimait depuis une tour d'ivoire qui ne lui permettait pas de se demander « si les choses ont réellement changé ». Que si elle n'avait pas remarqué les changements sociaux survenus entre aujourd'hui et le moment où elle fut – de son propre aveu – « une rebelle » et ensuite « une bonne ouvrière du show business », c'est qu'elle avait vécu loin de tout dans une indifférence qui touchait à l'indécence. Les autres, plus nombreux, avaient rebondi sur ses paroles avec un enthousiasme parfois exagéré. Au succès de *Nos montagnes* succéda une série de propositions, toutes plus farfelues les unes que les autres – rejoindre les rangs d'un parti, faire l'ambassadrice pour toutes sortes de bonnes causes, écrire un livre – que Vera avait toutes ignorées. Malgré la curiosité qui entourait son documentaire, Luca gardait la tête froide, sachant qu'à une fièvre médiatique en succédait rapidement une autre.

Le camion qui devait emporter les habits de Vera n'allait pas tarder à arriver. Prise de remords et émue par le récit d'Anne-Marie sur l'histoire de ce documentaire qui avait ramené Vera vers son passé, l'une des nièces tenta de retrouver la tenue qu'elle portait le soir de la première du film et qu'elles avaient vue passer sans vraiment y prêter attention. Sa sœur lui répondit que cela ne servait à rien, qu'avec son modèle extravagant, elle n'en ferait aucun usage, qu'elles avaient déjà essayé quelques vêtements de Vera et qu'elles n'entraient dans aucun. En conjuguant leurs efforts, les sœurs finirent par repérer le smoking qui, libéré de sa protection, confirma l'idée qu'il n'irait à aucune des deux. Coupé dans un sergé de laine marron à rayures, ce tailleur pantalon présentait une veste sans manches qui avait magnétisé tous les regards le soir de la présentation de *Nos montagnes*. En plus de cette anomalie d'être soustraite de ses manches, la veste possédait un revers moiré qui aimantait la lumière tout en la faisant miroiter. L'effet de brillance glissait le long des jambes du pantalon soulignées par un large galon du même tissu moiré. La sœur croyante s'en empara en disant qu'elle ne comprenait pas ce qu'on avait voulu faire avec cet habit qui, selon elle, n'était pas fini, mais que plus rien ne l'étonnait après avoir exploré si profondément les armoires de Vera.

Au moment où le succès de son documentaire commençait à retomber, tout en songeant à la suite de son travail, Luca Famain organisa une soirée chez lui, secondé par son épouse qui n'était pas étrangère au succès du film tant son montage, en évitant tous les écueils du misérabilisme sentimental, frôlait la perfection. Vera y croisa un directeur d'agence d'événements qui, le plus sérieusement du monde, eut la naïveté de lui demander si elle accepterait de remonter sur scène dans le cadre d'un grand concert en plein air qu'il était en train de mettre sur pied. De but en blanc, il lui affirma qu'il trouvait l'idée très porteuse et susceptible d'attirer un public intrigué par sa nouvelle notoriété. Elle l'avait immédiatement interrompu en lui rétorquant que cette nouvelle célébrité, elle n'en avait rien à faire, elle n'en voulait pas car elle lui procurait des palpitations qui avaient l'art de la mener, sans bouée, au bord d'une mer agitée. En le draguant, elle dit à Louis qu'il avait l'audace de son âge mais qu'elle avait les avantages du sien, qu'elle n'était pas effrayée par les vingt ans qui les séparaient. Elle l'écouta quand même énumérer les détails de cet après-midi de musique qui aurait bientôt lieu dans un des plus jolis parcs de la ville, admirative du casting qu'il était arrivé à réunir et qui alignait plusieurs artistes qu'elle aimait écouter. Elle passa la nuit avec lui et redécouvrit le plaisir d'en donner. Le plaisir de s'évanouir pour les bonnes raisons, le plaisir de sentir son corps s'émietter sous les doigts d'un inconnu sans avoir peur de se faire mal, le plaisir de voir dans ses yeux cette lueur qui demandait où on avait traîné durant tout ce temps. Louis ne devait être qu'un amant parmi d'autres, mais malgré l'immense charge de travail qui accompagnait la préparation du concert, il trouva le temps pour s'installer dans sa vie. Comme ces amoureux qui se rencontrent avec l'impression de s'être reconnus, Vera et Louis se faisaient tout le bien qu'ils ne s'étaient pas fait pendant qu'ils s'attendaient. Il l'avait sortie de la paranoïa ambiante qui avait découlé du succès accidentel de ce film auquel elle commençait à tourner le dos, elle l'avait aidé à évacuer le poids des responsabilités qui pesaient sur ses épaules et qui, parfois, l'empêchaient de dormir. Une semaine avant l'événement du parc, elle réussit à le convaincre à passer le week-end ailleurs, loin des tracas des derniers préparatifs. Il avait prévenu son équipe qu'il serait injoignable, mais qu'il serait de retour pour être d'attaque dans la dernière ligne droite. Ils passèrent ces deux jours dans une station balnéaire dont les terrasses des cafés qui longeaient les planches étaient devenues leurs repères. Le matin, ils s'y installaient et, sans trop se parler, prenaient leur café en regardant la pluie d'été tomber. À midi, ils changeaient d'établissement et, à l'abri des gouttes, déjeunaient en observant la plage vide, débattant des méfaits traumatisants du sable froid et humide et en priant que le ciel soit plus clément le jour du concert. En début de soirée, ils revenaient au même endroit, saluaient les serveurs qui quittaient leur service, accueillaient ceux qui le prenaient, et riaient comme des adolescents qui auraient volé de l'argent pour s'enivrer dans les cafés. Ils commandaient des plats à touristes – assiette de coquillages, soupe du pêcheur, plateau de fruits de mer – et s'embrassaient comme des idiots pour voir qui sentait le plus le poisson. Le soir, à l'hôtel, Louis était si fatigué qu'il s'endormait sans songer à faire l'amour. Dans le lit, Vera sentait son corps se coller au sien et, l'alcool à la tête, se demandait s'il aurait plu à Renzo. Ennuyée par ses pensées, elle s'était relevée, avait ouvert le minibar et jugé son contenu. Le matin, elle avait un peu mal à la tête mais le soleil était revenu et le ciel était radieux.

Le gant en pécari

Les derniers portants embarqués, le camion prit la route, laissant les nièces les bras ballants. Le dressing vidé, les descendantes de Vera n'en avaient pas fini avec cette tante inconnue d'elles et connue de tant d'autres. Il leur faudrait encore de l'énergie pour boucler cette succession que personne ne leur contestait mais qui ne se ferait pas en un claquement de doigts. Dès le premier jour de leur rencontre, Anne-Marie les avait mises en contact avec le notaire de Vera afin d'enclencher les formalités. Il fallait encore penser vendre l'hôtel particulier qu'Anne-Marie avait débarrassé de ses meubles dont certains, trop volumineux, ne passeraient jamais la porte de leur modeste habitation sans en exploser les murs. Anne-Marie était aussi chargée de faire estimer les quelques bijoux dont Vera n'avait jamais été folle, des pièces de joaillerie – des sautoirs, des bracelets, des broches et des manchettes – jugées importables par les nièces, et qu'il fallait bien liquider. Pour la remercier et fêter la fin du chantier, les deux filles, qui allaient être riches, l'avaient invitée au restaurant. Elles lui avaient demandé de choisir une adresse, sachant qu'elles ne connaissaient rien dans les parages, sauf désormais le chemin qui menait à la demeure de leur tante. En voulant traverser le hall, l'une des nièces poussa du pied un gant à moitié enroulé sur lui-même. Il avait dû tomber d'une poche ou d'une housse et finir sa course au centre de la pièce sans pour autant attirer l'attention. C'était un modèle classique en pécari cognac, reconnaissable aux trois nervures sur sa face dorsale et à la surpiqûre qui en entourait le bord. Le genre de gant qui avait été à la mode il y avait longtemps et dont l'état orphelin semblait ajouter à l'indifférence qu'il suscitait. Les trois femmes quittèrent la maison, abandonnant derrière elles cet objet encore là, mais déjà perdu.

À table, le trio avait bu à la mémoire de Vera, morte amoureuse, laissant derrière elle un homme à qui elle n'aura pas eu le temps de manquer. Les nièces s'étaient rappelé le moment où elle avait fait la connaissance de leur tante dans le film de Luca Famain, l'instant où son image et sa voix leur avaient sauté à la gorge, en même temps que la saisissante ressemblance physique, preuve irréfutable de leur attache. Comme si tout cela n'avait finalement aucune importance, elles étaient vite passées à autre chose, avouant à Anne-Marie qu'elles ne l'avaient pas tout de suite trouvée sympathique. Mais la situation était tellement brusque et étourdissante qu'on aurait pu leur présenter n'importe qui, elles n'auraient trouvé personne sympathique. Pendant qu'elles prenaient l'apéro, l'une avait encore montré des photos de ses enfants et l'autre, que l'alcool rendait légère, avait avoué qu'elle en avait par-dessus la tête de son mari qui, si on se fiait au nombre de grossesses qu'elle n'avait pas connues, devait être une erreur de la nature. Elles avaient continué à déblatérer sur la véritable nécessité de Dieu à avoir placé des hommes sur terre, curieuses d'avoir l'avis d'Anne-Marie qui leur avait répondu qu'elle aimait bien les hommes mais loin d'elle et surtout pas dans son lit. Celle qui avait la foi s'était étranglée et avait explosé de rire. Au dessert, calmées mais doucement ivres, les nièces avaient dit à leur invitée combien elles avaient été impressionnées par la puissance de la colère et des tourments qui avaient agité la vie de leur tante, et même un peu horrifiées par la rage que sa famille lui avait inoculée au point de se sentir coupables d'erreurs qu'aucune des deux n'avait commises. Le soir, après avoir encore écouté Anne-Marie leur livrer des bribes du roman de Vera, elles rentrèrent chez elles, l'esprit légèrement dérangé par les secrets d'une autre. Des secrets dont elles ne savaient que faire. Des secrets dont on ne pouvait se débarrasser aussi facilement que des vêtements.

REMERCIEMENTS

Merci à mon éditeur Charles Dantzig, à Martine Levens, à Myriam Leroy et Didier Vervaeren.

Merci à mes tantes – Rina, Pina, Enza et Adriana.

Merci à Serge.

TABLE

Page 125, extrait de « Chanson sur toi et nous », paroles Françoise Hardy, musique Gabriel Yared – 1977.

Page 128-129, extrait de « Une femme avec une femme », paroles José Maria Cano et Pierre Grosz, musique José Maria Cano – 1990.

Page 149, extrait de « Zelda », paroles et musique d'Yves Simon – 1977.